転生大魔女の異世界暮らし

～古代ローマ風国家で始める魔法研究～

AUTHOR
灰猫さんきち

TOブックス

CONTENTS

イラスト saraki

デザイン AFTERGLOW

第I章

異世界生活、スタート

お約束の頭強打

「きんきんキラキラ金曜日！　華金、花の金曜日～！」

のどかな夏の田舎村に、元気いっぱいな幼子の叫び声が響いた。

「明日はうきうき週末で、だけどわたしは出勤日ー！」

舗装されていない土の道を、小さな少女が走っている。明るい褐色の髪、赤みがかった茶の瞳をした六、七歳くらいの子供だった。簡素な麻の短衣《チュニカ》に革のサンダルという出で立ちである。

夏の日差しは強い。ここのところ晴れの日が続いたせいで土はすっかり乾燥していて、少女の足が地面を蹴る度に土ぼこりを立てた。土ぼこりの向こうには低く連なる山々と、その山肌に刻まれたブドウの段々畑が見えた。

道沿いには、まばらに民家が並んでいる。大半がレンガの壁とテラコッタの瓦の素朴な平屋だった。

少女がたまに通行人とすれ違うと、相手は「またか」というような顔で苦笑をする。

「待って下さい、ゼニスお嬢様！　また変なことばっかり叫んで！」

もう一人、少し年上の少女が息を切らせながら、小さな主を追いかけていた。濃い茶色の髪と瞳をした彼女は、十歳程度に見える。短衣の下に重ねて長いスカートを穿いているせいで、走りにくそうだった。

「ティト、おそーい！　早く来ないと、遅刻でタイムカード押しちゃうよ！」

乾いた土の道の上で、ゼニスと呼ばれた子供がぴょんぴょん跳ねる。

「なんですか、タイムカードって。ゼニスお嬢様の言うことは、わけが分かりません」

「わたしもわかんない！　けど、思うままに叫べと内なる魂がささやきかけてくるの。あ、魂はソウルって読んでね」

「意味不明です」

ようやくティトが追いついた、ように見えたのも一瞬で、ゼニスはまた勢いよく走り始めた。

しばらく走った後、ゼニスは道脇のオリーブの木に飛びついた。よいしょ、よいしょと登り始める。

「正義の味方は高い所が好きなんだよ。タキシードな仮面様も、いつも電柱の上からお花投げてた！」

「なんですか、タキシードって……。あぁ、気をつけて下さいね。お嬢様がケガでもしたら、あたしが奥様に怒られちゃう」

再び追いついたティトが、樹上のゼニスを不安そうに見上げた。

「そんなヘマしないよ！　それより見て見て、セーラーな美少女戦士の決めポーズ！」

ゼニスは不安定な枝の上でポーズを取った。片手を腰に当て、もう片方の手は指を二本立てて額に持っていく。当然、木の枝から両手が離れて、支えを失った体はバランスを崩した。

「うわ、わあぁ!?」

「お嬢様!!」

悲鳴を上げるのと、滑り落ちるのはほとんど同時。ティトが慌てて駆け寄るが、間に合わない。ゼニスは地面に落っこちて、盛大に土ぼこりを立てた。

◇

後頭部がひどく痛んで、わたし、いいや、私は目を覚ました。

横向きに寝転がった寝椅子《ベッド》から見えるのは、見慣れた自宅の部屋。石造りで、壁にはシンプルながらモザイク画が描かれている。川で水遊びしている鴨の図柄だ。

「ゼニス、あぁ、よかった。目が覚めたわね」

すぐ隣で声がした。横を見ると、ベッドの端に座ったお母さんが心配そうに私の顔を覗き込んでいた。

昼間の仕事を中断したらしく、羊毛の切れ端や糸くずで汚れたエプロンをつけたままだ。私よりも少し色の濃い茶色の瞳が揺れている。

「えぇと……？」

「あなた、木登りして木から落ちたのよ。ティトが真っ青になりながら、家まで運んでくれたの」

そうだった。私が調子こいて木の上で月のプリンセスの真似をしたものだから、足を滑らせたんだった。

おそるおそる後頭部を触ってみると、大きなたんこぶになっている。ちょっと触っただけですごく痛い。

でも出血しているわけではないし、意識もはっきりしてる。痛みはあるが吐き気などはない。大丈夫だろう。

――そして。

頭をぶつけた衝撃のせいなのか、私の脳みその中では、猛烈な勢いで記憶と人格の統合が行われていた。

ユピテル共和国の片田舎の生まれ、弱小貴族《パトリキ》の長女ゼニス・フェリクス・エラルの心と。

二十一世紀の日本で三十二歳まで生きて死んだ社畜喪女の精神とが。

ゼニスとして生まれて以来、赤ん坊の頃から中途半端に混ざり合い、混沌として自分でも理解出来なかった『前世の記憶』が、急速に整理されていく。ごちゃごちゃに散らかっていた知識と記憶と経験とが、明確に仕分けされてあるべきところにしまわれ、整理整頓されていく。

ベッドの上でまばたき一つ。

うん。私はゼニス。この村の領主エラル家の長女で、七歳女児。先月誕生日だった。

そして、前世の記憶を持っている。

ユピテル共和国なんて国は、聞いたことがない。地球の人類の歴史になかったはずだ。絶対にという自信はないけど、たぶんそうだ。

つまり私は――異世界転生を果たした！

「なんてこった」

呟《つぶや》いて頭を抱え、でっかいたんこぶをうっかり触ってしまって、

「いたたたた、なんてこったぁー!」

痛みのあまり、自業自得の悲鳴を上げたのだった。

生まれ変わったわたしは私

まさか自分が異世界転生するとは。

そりゃあ前世は大人になってもラノベ好き漫画好きゲーム好きのオタクだったけれど、こんなことが自分自身に起こるとは想像していなかったよ。

本来であれば、まずは夢かと疑うところだ。けれどゼニスとして生きた七年間は、確かに私の中に存在していて、これが現実だと教えてくれている。

というか、心も体もすっかりこの場所に馴染んでいて違和感がなかった。

お母さんは私が目を覚まし、一通り騒いだ後に大人しくなったのを見て仕事に戻っていった。

母と言っても彼女は若い。十八歳で私《ゼニス》を産んだので、まだ二十五歳。この国では結婚も出産も日本より一回り早いのだ。

そんな若いお母さんに、心配と手間をかけてしまって申し訳ない。

申し訳ないといえば、今までのゼニスの行いは申し訳ないことばかりだった。

なにせ赤ん坊の頭に前世三十歳オーバーの記憶を無理に詰め込んだせいで、脳みそがバグってイカレポンチになっていたのだ。

前世の記憶を自分でも理解できず、全部ごちゃ混ぜにした結果、この国の人から見たら意味不明な言動ばかり取ってしまった。いわゆる奇行である。

おやつにポテチが食べたいと泣き叫び、美少女戦士のおもちゃが欲しいと全力で駄々をこねた。どちらもこの国には存在しないのに。

日本語とユピテル語の区別もつかず、まぜこぜにして喋っては周囲を困惑させた。

ふとした時に前世の職場の記憶が蘇り、何の脈絡もなく「納期、納期までもう時間がない！　営業のばかやろう、なんでこんな無茶な案件引き受けたんだよ、現場に全部しわ寄せくるじゃん！」とか「もう土下座しかない、リーサル・ウェポン土下座!!」と叫んだ。実際土下座した。

さらに、前世で愛読していたキン肉なプロレス漫画の技を真似て、ティトにコブラツイストまでかましてしまった。ついでにジャーマンスープレックスもやろうとしたのだが、幼児の筋力で投げ技は無理であった。無理で良かった。

今日だって、昭和なノリの単語を叫びながら爆走するという愚行をやらかしたばかりだ。いくら何でも「華金」は古いわ。

前世の会社のおじさん上司が、金曜日になると決まって「おっ、今日は華金だな！　デートに行かないのか？」と個人情報に抵触することを言ってくるので、頭に染み付いてしまっていた。私の答えは毎回同じ、すなわち「行きません。相手がいないので」だ。

うん。一から十まで、何をどう考えても頭がおかしい奴である。とても申し訳ない。

両親と子守役のティトに、よくよく謝罪しなければ。

というかお父さんとお母さんは、よくもまあこんなイカレ幼女を見捨てないでいてくれたものだ。

この国の文明レベルは恐らく中世以前、何なら古代ローマとかその辺なので、倫理観は前世よりずっと未発達。児童福祉などという概念はない。子供を大事にする文化も薄く、児童のブラック労働もどんとこい。実子と言えど、手に余れば捨てられてもおかしくなかった。

でも両親はゼニスをきちんと育ててくれた。娘の奇行に困り果てていただろうに、突き放すこともせず愛情を持って接してくれた。

ううう、心の底から申し訳ない。それに、ありがとう……。

私が一人、ベッドに身を起こして過去の態度を猛省していると、部屋のドアが開いてティトが入ってきた。三歳年下の私の弟、アレクも一緒だ。

「お嬢様が起きたと聞いたので、お水を持ってきました」

ティトは水差しとコップをお盆にのせていた。コップにお水を注いで差し出してくれる。

アレクはおっかなびっくりという様子で私を見ている。イカレ幼女は弟にも容赦なかったので、姉が怖いのだろう。ごめんよ。

私はコップを受け取って水を飲んだ。コップは素焼きの陶器である。ガラスはあるにはあるのだが、日常遣いするほど普及していないのだ。この辺でも文明度がうかがえる。

陶器の素朴な感触と、ひんやりとした水が喉を滑り落ちるのが、心地よかった。冷蔵庫なんかないけれど、汲みたての井戸水は冷たくておいしい。

「ありがとう、ティト。それから今までごめんね」

空になったコップを返しながら言うと、ティトはぎょっとした顔をした。

「どうしたんですか、急にそんなことを言って」

そう言いながら私のおでこに手を当てたりしている。井戸水を汲んできたであろう彼女の手は少し冷たくて、気持ちがいい。

「ティトだってまだ十一歳なのにね。イカレポンチの子守は大変だったでしょ」

「え？　それはそうですが。お嬢様、どうしちゃったんですか？」

ティトは狐につままれたような顔をしている。まあ、今までのゼニスの行いを考えれば当然の反応だろう。

彼女は弱小貴族の我が家に代々仕える使用人の家の子である。奴隷などではなく、ちゃんとした自由民の平民だ。私と年が近いという理由で、数年前から子守の仕事をしてくれていた。

「おねえちゃん、あたま、まだ痛いの？」

ベッドのふちから顔を出すようにして、アレクが言った。私とよく似た赤茶色の目が、心配そうに見つめてくる。

今までイカレ幼女の餌食になってきたのに、心配してくれるなんて。いい子だなあ。

「たんこぶになっちゃって痛いけど、大丈夫だよ」

私がにっこり笑って答えると、アレクも微妙な顔をした。昨日までのゼニスであれば、「めっちゃ痛い！　冷えピ◯ちょうだい！」などと叫んだだろうが、今の私はもう大人なのである。

幼い弟に向かって「かめ◯め波ぁー！」とか言いながら殴りかかったりは、もう二度としない。正直ごめんなさい。

「ゼニスお嬢様……。お医者様を呼んだほうがいいですか？」

真顔になったティトが、そんなことを言う。正気を疑われているようだ。

「いやいや、平気だって。あーでも、お医者はいらないけど、たんこぶを冷やすものが欲しいなぁ」

保冷ジェルはもちろん、氷もないだろう。今は夏だ。温暖なこの地域じゃ、冬になっても雪は降らない。氷室とかそんな高級なものは我が家にはないし。

「では、井戸水で手ぬぐいを冷やしてきますね。……本当に大丈夫ですか？」

「平気、平気。手ぬぐいお願いいね」

「はい」

お盆を持って部屋を出たティトと一緒に、アレクも行ってしまった。警戒されている。

私はため息をついて、ベッドから下りた。

周囲のみんなに大変な迷惑をかけてしまった七年間だったが、今日からは前世三十二歳の大人としてしっかり生きていこう。

てか、今の私は前世三十二歳プラス今生七歳で三十九歳か。立派なアラフォーである。……なんか心がえぐられる響きだな、アラフォー。

私は微妙な思いを心の隅に追いやると、立ち上がった。異世界転生をした以上、どうしても試さねばならないことがある。内心の期待を膨らませながら、部屋の真ん中で両手を広げて言った。

「ステータスオープン!!」

ゼニスはお約束の言葉を唱えた！　しかし何も起こらなかった！

やばい、だいぶ恥ずかしい。周りに誰もいなくてよかった。

いやほら、異世界転生といえばやっぱこれかなって思ったんだ。

でも残念ながらこの世界にステータスはないらしい。考えてみれば、七年の記憶でそんなんやってる人誰もいなかったわ。

正気を取り戻した（？）矢先にまた奇行に走るとか、私はいったい何をやっているんだ。

そうこうしているうちに、ティトとアレクが戻ってきた。

水で冷やされた布をたんこぶに当てながら、聞いてみる。

「ねえティト、この世界にはスキルとかはあるかな？」

「はい？　スキル??」

ティトは不審そうな、でもどこかほっとした表情になった。急に大人になったゼニスお嬢様が、やっぱり意味不明のイカレポンチで安心するやらがっかりするやらといったところだろう。

「スキルっていうか、ほら、技能？　その人が身につけた特別な技術というか」

「技術ですか？　それはあるでしょう。お裁縫とか、お料理とかですよね？」

何とも女の子らしい答えである。

「うん、そう。それがシステムメッセージ……天の声？　みたいので、『料理スキルＬｖ１を獲得しました』とか言われるやつ。もしくは、五歳か十歳くらいで神殿に行って鑑定してもらうやつ」

「お嬢様。技術は練習して身につけるものです。そんなわけのわからない方法で得られるものではありません」

「あ、はい」

大真面目に諭されてしまった。スキルシステムもないらしい。

「じゃあ魔法は⁉　魔法、あるよね？」

最後の望みをかけて私は聞いた。七年のゼニスの人生で魔法に触れた経験はなかったが、世界のどこかに存在すると信じたい。せっかく異世界転生したのだから、そのくらいのファンタジー要素はあってもいいはずだ！

異世界転生などというレアカードを引き当てたのだ。ここは一つ魔法使いになって、かっこよく活躍したいではないか。私は魔法が大好きだ。キャラメイクできるタイプのゲームでは必ず魔法系を選んで、遠距離火力職をやっていた。魔法を組み合わせて色んな効果を生み出したり、魔法そのものをクリエイトできるゲームは大好物だった。職業としてプログラマになったのも、そのへんが大きく影響していたもの。

なんたってプログラマは、モニタの中であれば自由に色んなものを作れる。持ち前の発想と技術だけで思い描いたものを実現するのだ。まさに仮想世界の魔法使いと言えよう。

とはいえ、プログラマの『魔法』は仮想世界から出てこられない。呪文の代わりにソースコードを打ち込んでも、変化するのはモニタの向こう側だけ。

それがもし、この世界に魔法が存在するならば。

前世の職業とオタク歴で培ったアイディアの数々を、現実に実現できるのかもしれない！

ド派手な攻撃魔法で魔物をバッタバタとなぎ倒す。

魔道具のホウキで空を自由自在に飛び回る。

精霊を召喚して友だちになったり、世界の秘密を教えてもらう。

私の頭は魔法への夢と憧れと期待でいっぱいになった。

——ところが。

「魔法ですか……。都会の方ではあると聞いたことがありますが、あたしは見たことがないです」

ティトの答えは、なんかすごくふわふわしたものであった。そりゃあここは田舎だけど、都会の方ってどこよ。

前世的なノリに置き換えると、「都会には４Ｄの映画館があるんだって！」「すごいね、見たことないよ。田舎にはそんなんないよねー」くらいの勢いである。

これは魔法もないのかもしれない。

せっかく異世界転生したのに、そんなことってある？　がっかり……。

私が落ち込んでいると、短衣の裾が引かれた。見ればアレクが小さな手で私の服を引っ張っている。

「おねえちゃん。あたま痛いの、かわいそうだね。これあげるから、元気だして」

差し出されたのは干したイチジクの実だった。いやここは異世界なので、イチジクっぽいなんかの実である。

いやいやそれより。

「これ、アレクのおやつでしょ。いいよ、自分で食べなよ」

「あげる」

なんということだ。幼児にとって、おやつは命の次くらいに大事なものなのに。しかもこの国は、日本みたいにお菓子があふれているわけではない。甘味は希少品、干し果物だってそこそこの貴重品。弱小とは言え貴族だから食べられる。

なので、ついさっきまで幼児だった私にはよく分かる、これは宝物だ……！

昨日まで、というか今朝までイカレポンチ全開で弟に絡んでいたファンキーな姉のために、宝物をくれるだなんて。弟がいい子すぎる。

「アレク、ありがとう。じゃあ、半分だけちょうだい。はんぶんこして一緒に食べよう」

「うん！」

そこでティトのことを思い出した。彼女は使用人なので、私たちみたいにおやつは食べられない。

「ティトにもひとくちあげるね」

「もらえません。叱られてしまいます」

「大丈夫、大人にはナイショで。今までのお詫びをかねて」

よく考えたら弟からもらったおやつでお詫びするのもどうかと思ったが、とりあえず置いておこう。こういうのは気持ちが大事。

はんぶんこしたさらに半分をティトに渡したら、アレクもかじりかけのイチジクをティトにあげた。姉弟で彼女の口に押し込むようにしてやって、一緒に笑った。

子供だけの秘密のおやつの時間は楽しくて、私は本当はもう大人なんだけど、七年間生きてきたゼニスの存在がしっかりと心に根づいているのを感じた。

前世は不摂生の末に三十二歳で過労死した。独身喪女で、ブラック労働に明け暮れていたせいで友達付き合いもほとんどなかった。最期の方の記憶はなんだか曖昧で、けれどひどく重く苦しく、心も体も辛かったのだけはっきりと覚えている。

もう一度、子供からやり直せるなんて想像もしていなかった。

これはきっと、奇跡。

だからステータスや魔法がなくっても、この幸せな時間があるだけで満足だよ。そう、思った。

でかいリス

イカレポンチ幼女からアラフォー女児にクラスチェンジした私は、家業の手伝いを始めた。具体的にはブドウ畑で雑草抜きである。

我が家は一応貴族だが、仕事は農業がメインなのだ。

この国の貴族は、いわゆる中世風の貴族とはちょっと違う。

爵位制度はないし、領地も国からの拝領ではなく私有地。貴族っていうか地主や豪族と言ったほうが実情を表しているかもしれない。

貴族・平民・奴隷の身分はあるから、身分による特権とかもあるにはあるんだけど、その辺は私も勉強不足でまだよく分かってない。何せ毎日、勉強など全くせずに走り回って遊んでいたもので……。

奴隷が普通にいるのは、正気を取り戻した後に違和感を覚えた。ただ我が家や村の平民たちの家にいる奴隷は、そんなにひどい扱いは受けていない。一緒の家で寝起きをして暮らしているせいか、半ば家族のような感覚さえある。

奴隷について誰も――当の奴隷たちでさえ――疑問や不満を口にしないので、この国では当たり前の存在なのだろう。二十一世紀の日本人としては倫理観が不安になるが、社会構造を全く知らないのにいきなり奴隷解放運動をぶち上げるわけにはいかない。

まずは自分で自分の面倒を見られるようになるのが先決である。

そういうわけでとりあえず、この地方の主産物でワインの原料になるブドウ栽培のお手伝いをすることにした。

つい先日までイカレ幼女だった私が進んでお手伝いしたいと言ったら、両親はびっくりしていた。びっくり通り越して不信感を抱かれるくらいだったよ。

もっともまだ七歳なので大したことはできない。結果、雑草抜きのお仕事をすることになった。

夏の暑い中、段々畑まで登ってはせっせと雑草と格闘をしている。

前世の私はプログラマだった。だから農業はまったくもって素人だ。

これが農家だったり農学部卒だったら前世知識で農業革命を起こせただろうに、私の農業経験は小学校の頃の稲作体験くらいなので、何の役にも立たない。

夏の日差しを受けて元気いっぱいに生い茂る雑草たちを、ひたすらちぎって引っこ抜く日々である。

ブドウは少し前に花の季節が終わって、今は青くて小さい実がなっていた。これがあとひと月もすれば色づいて、収穫できるという話だった。

ブドウの木もよく育っていて、雑草抜きのためにしゃがんでいると、ブドウ棚に張り巡らされた葉がまるで屋根のように頭上を覆ってくれる。おかげで日陰になっており、気温の割には暑さを感じずに済んだ。

古い時代の名残で、ブドウ畑には黒ニレの木を支えとしたブドウの木も残っている。棚で栽培するのが普及する前は、ああやって木にブドウのツルを絡ませて育てていたそうな。

もっともそれらのブドウの木は、もう古くなりすぎて収穫は出来ない。年老いたツルが絡んだ黒ニレだけがひっそりと立っている。

手伝いを始めた当初は、イタズラでもするのではないかと両親やティトが見張っていた。けれど、しばらく真面目に働いていたら信用してくれたらしい。今は一人で畑に入る許可をもらっている。

今日も今日とて、私はせっせと雑草たちを抜いていた。単調な作業だけど、ルーチンワーク的な繰り返しは嫌いじゃない。前世でもRPGでひたすらレベル上げとか作業ゲーが好きだった。少しずつ積もっていく成果を眺めながら働くの、けっこう楽しいよ。

手の届く範囲の雑草を殲滅《せんめつ》して、さて次に行こうと立ち上がった時のことである。

ブドウの木の陰に見慣れないものがいた。

紫っぽい茶色の毛をした変な動物だった。大きさは猫より一回り大きいくらいか。

ぱっと見た目の印象はリス――シマリスではなくエゾリスっぽい――なんだけど、やけにでっかい上に視線がかち合った目が凶暴そのもの。可愛らしさのかけらもない。

そいつは私を睨みつけながら素早くブドウの木に登り、まだ青くて硬いブドウの実をかじり始めた。

どうしよう。私は迷った。

大事なブドウをかじる害獣、追い払うべきなんだろうけど、けっこう体が大きいし口元から覗く前歯が鋭いしで、正直怖い。

せめて棒きれでもあればいいのだが、まったく素手である。草刈り鎌は危ないからと持たせてもらえなかった。

でっかいリスは警戒と威嚇の眼差しでこちらを睨んでいたが、私が何もしないでいるとだんだんバカにしたような雰囲気を出してきた。かじりかけの実を手で持ち（ちゃんと指が五本あって器用に実を掴んでいた）、私に向かって投げつけてきたのだ。

「痛っ」

実は私の頭に命中し、思わず声を上げてしまった。

痛みはそこまでもなかったが、リスが物を投げるという行動をしたのですごいびっくりした。

さすが異世界、リスまで異次元。今まで前世とさほど変わらない生き物しか見てなかったから、すっかり油断してたわ。

リスは私が反撃しないのを見て、ますます調子に乗ったらしい。実を茎からかじり取っては投げ、

かじり取っては投げしてきた。

「痛い痛い、ちょ、やめて、やめろこのやろう！」

さすがに私も腹が立った。やられっぱなしでいられるか。地面に落ちた実を拾い、投げ返してやった。本当は小石でもあれば良かったんだけど、ここはお父さんたちが丹精込めて手入れしている畑。そんなものは落ちてない。

私が投げた実はあさっての方向に飛んでいき、ちょっと離れたところのブドウの葉を揺らした。リスは揺れた葉に視線を移し、次いでまた私を見て、いかにもバカにしたような顔をした。うわムカつく！

さっきのはたまたまノーコンだっただけだ。次こそしっかり命中させて追い払ってやる！

意気込んだ私は再び実を拾ったが、今度は後頭部に当てられた。

え？　後頭部？　リスは前方にいるのに。

振り返ると、後ろの方にもリスがいた。よく見ればその後ろや横手にも、全部で五匹、六匹……いや、十匹くらいいる⁉

そいつらはみんな凶暴な顔つきで、手に実を持っていた。

「うわぁあ⁉　痛い、わあーっ！」

リスたちの一斉投擲《とうてき》を受けて、私は泣きながら逃げ帰る羽目になった。

そうして泣きながら畑を飛び出したら、声を聞きつけたお父さんが駆けつけてくれた。

「ゼニス、どうした？」

「お父さん！　リスが、でっかいリスがいっぱい！」

私の説明を聞いたお父さんは顔色を変えた。

「ブドウリスが出たのか、それも十匹も!?　大変だ！」

あいつらブドウリスっていうのか。まんまなネーミングだね。

お父さんは私に家に戻るように言い、鎌を持ってリス軍団のいる畑に入っていった。

私は迷ったけれど、素直に家に戻ることにした。リスに手も足も出なかったのは実証済みだ。下手についていって足手まといになってもいけない。

もし私が無力な幼女じゃなく力のある魔法使いであれば、あんなリスなんか追い払ってやるのに。せめて体が大人であれば、もう少し何か出来たはずなのに。役立たずさが悔しい。

段々畑の間の道を下りていると、お父さんが追いついてきた。髪の毛や服のあちこちに緑っぽい汁とか実の破片がくっついている。彼も手ひどくやられたらしい。

「だめだ、数が多すぎる。人手を集めて駆除しないと」

父は険しい顔をしている。いつもは穏やかな人なので、初めて見る表情だった。

「お父さん、あのリスなんなの？」

「ブドウを好んで食べるリスだよ。あれが出ると、ブドウに大きな被害が出てしまう」

足早に進む彼に遅れないように、私は必死で後を追った。

「ゼニスはお母さんとアレクと一緒に家にいなさい。ブドウリスは群れていれば、人を襲うからね」

ゼニスが無事で良かったとお父さんが言う。

あのリス、襲いかかってくるのか。硬い実をぶつけられたくらいで済んだのは幸運だったらしい。あいつら私のことをバカにしてたから、本気の攻撃というよりはからかった感じだったのかも。

家につくとすぐに村人と奴隷が集められ、男たちは鍬《くわ》や鎌で武装して畑に向かった。

我が家の二匹の番犬たちも一緒に連れられて行った。白い毛並みの犬が私と同い年のプラム。黒い毛の犬が年下でフィグという名前である。

番犬といっても普段はのんびり暮らしている犬たちだから、ちゃんと役に立つかどうか。久々の仕事に張り切ってキリッとした顔をしていたので、信じてあげたいところだ。

畑から下りてきたリスがいるといけないので、私とアレク、ティトは家に入る。お母さんの指示で戸締まりをした。窓はガラスが嵌《は》まっていないので、木製の鎧戸を閉める。

「やっかいなことになったわね」

「ブドウリスが出るなんて、この二十年なかったことですのに」

お母さんと奴隷のおばさんが話している。

ブドウリスは普段は人里離れた森に棲んでいる獣で、ごく稀に人の住処の近くまでやってくる。繁殖力が高くて、放っておくとあっという間に増える。だから見つけたらすぐに狩り尽くすのが大事ということだった。

前世なら動物愛護団体がクレームを入れてくるだろうが、主力産業のブドウに被害が出たら死活問題である。やむを得ない。ていうか人を襲ってくるわけだし、どうしようもない。

やがて何時間か後、疲れた様子のお父さんが戻ってきた。服があちこち破れて血が滲んでいる。

お母さんが水を絞った布を持ってきて、血を拭いた。

「予想以上に数が多かったよ。とてもうちだけでは対処できない」

畑にいたリスは追い払ったが、裏手の山に巣がいくつも出来ていたとのこと。巣を守ろうとするブドウリスはとても凶暴で、村人では手に負えないらしい。二匹の番犬たちもあまり役に立たなかったようだ。

「フェリクスの本家に応援を頼む？」

お母さんが言うと、お父さんはうなずいた。

「今から俺が伝令に走る。幸い、今日は月が太くて明るい。夜に走っても何とかなるだろう。家のことを頼んだぞ」

お父さんは一度部屋に戻って着替えると、またすぐに家を出た。家の周りに村人が集まっている中、厩舎から馬が引き出される。

栗色の毛に金色のたてがみをした、我が家で唯一の騎乗用の馬である。名前はガイウス号という。ブラッシングが好きなおしゃれさんで、ごしごしこすってやると気持ちよさそうな顔をする、かわいいやつである。

いや、今はそんなことを言っている場合ではなかった。

お父さんはガイウス号にまたがると、両足で馬の腹を締めるようにして騎乗した。この国には簡易的な鞍はあるけどあぶみがない。足を置く場所がないから、バランスを取るのが大変そうだ。乗馬は難しい技術のため、この村で馬に乗れるのはお父さんしかいない。

時間はもう夕方で、空はうっすらと茜色に染まっている。集まった人々の影が長く地面に伸びていた。

お母さんが言って、私とアレク、村人たちも見送りと励ましの言葉を口にした。

「いってらっしゃい、気をつけて！」


お父さんと馬が見えなくなるまで見送って、それから皆で家に戻った。

「お母さん、お父さんはどこに向かったの？」

家中が落ち着かない雰囲気の中、私は聞いてみた。

「首都のフェリクス本家のお屋敷よ。馬で走れば、明日の日没までには到着できるはず」

我が家は大貴族・フェリクスの家門に連なる分家だ。その縁を頼ってリス駆除のための兵士を派遣してもらう手筈だということだった。

ちゃんと助けてもらえるだろうか？　断られたりしないだろうか。

私は不安だったが、お母さんは助力を疑っていない様子だった。本家と分家の繋がりは、私が思う以上に強いのかもしれない。こういう社会的な知識とか常識が私にはないので、不勉強さが悔やまれる。お手伝いも必要だけど、これからは勉強もしなければ。

一夜明けて朝になると、お母さんは忙しく働き始めた。

村の男衆に指示を出して畑と村の見回りをさせる。女衆を集めて倉庫から麦の袋を取り出す。普段は使っていない客室を開け放して、掃除や寝台の準備をする。

パン焼き窯はフル回転でパンを焼き始めた。丸くて大きくて、焼く前に切れ目を入れるのでちぎって食べやすい形のパンである。製粉のための石臼は、ロバが頑張って回していた。

フェリクス本家から派遣される兵のもてなしは、お母さんの仕事だ。

女衆は皆、忙しそうに立ち働いている。ティトも私たちの子守を休んで、家の仕事に駆り出されていった。

私は精神こそアラフォーだが、体は女児。それに前世でも荒事なんてやったことがない。害獣退治は役に立てそうもない。

そこで家の仕事の手伝いを申し出たけれど、断られてしまった。それよりもアレクの子守をしてと頼まれて、引き受ける。

外遊びを禁止されて退屈したアレクに、日本の昔話を話してやった。桃太郎は大ウケであった。かぐや姫はいまいちで、浦島太郎は玉手箱のオチにびっくりしてポカンとしていた。かわいいね。

もっとお話聞かせてとおねだりされたので、思い出せる限りの昔話や童話を話して過ごした。


そして、それから数日。

武装した兵士たちを引き連れて、お父さんが帰ってきた。

魔法使いのお姉さん

武装した兵士は十五人ほど。全員が歩兵だった。よく見たら女性も一人だけ交じっている。

馬のガイウス号を引いてきたお父さんと一緒に、お母さんと村人たちの出迎えを受ける。

彼らの到着は昼前だったが、すぐに行動が始まった。打ち合わせなどは道中で済んでいたのだろう、迷いのない動きだった。

村の男衆と二匹の犬も駆り出されて、裏山に分け入っていく。犬たちは人の役に立てる嬉しさで、やる気に満ちた顔をしていた。

どんなふうに駆除をやるのかとても気になったけれど、ぐっと我慢して家に残った。

以前ならきっと、家を抜け出して様子を見に行ったと思う。でも、私はもうイカレポンチではないのだ。ここでバカなことをやれば、我が家の評価が下がってしまう。

お母さんと女衆は料理やらもてなしの準備で大忙しだ。

私とアレクは子供部屋の窓から山を眺めた。

「おねえちゃん。兵隊さんがリスをやっつけるんだよね?」

窓枠にぶら下がりながらアレクが言う。

「そうだよ。強そうな人がいっぱい来てくれたもの、きっとリスなんてすぐやっつけちゃうよ」

「桃太郎の鬼退治みたいに？」

「うん、リスの巣に乗り込んで全部とっちめるの」

「見に行きたいなー！　だめ？」

「だめ！　兵隊さんの迷惑になるでしょ。悪いリスをやっつけるの、邪魔したらいけないよ」

「むぅー」

アレクは不満そうに頬をふくらませた。焼きたてのパンみたいなほっぺである。

最近のこの子は、前に比べてわんぱくになった。たぶん本来はこういう性格だったのだと思う。イカレポンチな姉が暴れていたせいで、萎縮させてしまっていた気がする……。ごめんよ。

だんだん時間が過ぎ、夕暮れに差し掛かって薄暗くなる中、山肌にいくつも灯火の明かりが灯っていた。焚き火をしているのか、煙が幾筋か上っているのが印象的だった。

さて、そうこうしているうちに尿意を覚える。生理現象だから仕方ない。

「アレク、私、お手洗い行ってくる。一緒に行く？」

「ううん、平気」

そこで私は一人でトイレに行った。

我が家のトイレは一応水洗になっている。近くを通る水道橋から水を引いているのだ。トイレの中には大理石のベンチ。その上に穴の空いた板が渡してあって、穴の中に用を足す。ベンチの下は水が流れているので、排泄物は流されていく仕組みだ。

上水道はあるが下水処理施設はない。だから近くの川に垂れ流しである。こんなことするくらいなら汲み取り式にして、肥料とかに再利用した方がいいのではないかと思う。

実際、村で水道が通っているのは領主である我が家だけ。村人たちの家では壺にする（！）。壺は大と小で分けてあって、大は肥料に。小は洗濯屋に売ったりするのだそうだ。いや確かに尿は洗剤になるアンモニアを含むが、それで洗濯するってどういうことだよ。怖すぎて想像出来ない。

それで村人は用事があって我が家に来た時、ついでに水洗トイレで用足しをして、

「さすが貴族様の便所は素晴らしいですなあ！」

などと言うのである。

私は微妙な気持ちになりながら、海綿《スポンジ》を棒に結びつけたものでお尻を拭いた。トイレットペーパーの代わりだ。使い終わった海綿棒は目の前の床の溝を流れる水で軽く洗ってから、備え付けの壺に入れておく。後で奴隷の人がちゃんと洗ってくれるはずだった。

そして、子供部屋に戻った私が目にしたのは。

開け放たれた窓と無人の室内、裏山の方へと走っていくアレクの小さい背中だった。


「アレク！　待ちなさいっ」

私が大声を張り上げると、既にずいぶん先に進んでいたアレクは一瞬だけ振り向いて、すぐにまた走り出した。きっとリス退治の様子を見に行くつもりに違いない。

——なんてこった！　油断した！

お母さんに知らせるべきか？　私は少し迷ったが、アレクを追いかけることにした。今ならまだ

追いつけそうだったし、忙しく働いているお母さんの邪魔をしたくなかった。

開け放ってある窓から身を躍らせる。ここは一階、何の問題もない。着地してすぐに弟の後を追った。

山野を駆け回って遊び倒していたイカレ幼女の足腰は、年齢の割にけっこう強い。私はぐんと加速して走ったが、アレクの足も意外に速かった。あの子、実はすごく運動神経がいいのでは？　おかげで思うように距離を詰められない。

花壇を飛び越え、小さな噴水を回り込む。植え込みの垣根を乗り越えてさらに走った。

そしてあとちょっとで追いつきそうになった時、アレクは庭を囲む塀の崩れて破れている場所をくぐった。あそこはちょうど茂みに隠れているせいで、大人たちは損傷に気づいておらず修理がされていない。アレクと私、それに村の子供たちの共通の秘密だった。

そして、この破れ目は四歳のアレクにちょうど良くとも、七歳の私にはかなり狭い。

くぐり抜けるのに苦労したせいで、また距離が開いてしまった。

「アレク！　今すぐ家に戻るよ！」

やっと弟の体を捕まえた時は、既に裏山を少し登った先になっていた。

辺りは薄暗く、夕暮れの淡い闇が満ち始めている。通い慣れたはずの裏山が見知らぬ場所のようだった。

「やだー！　リス退治、見たい！　おれもリスやっつけるんだ！」

「だめ!!　リスは大きくて危ないの。アレクみたいな小さい子は食べられちゃうんだから！」

リスが人肉を食べるかどうかは知らないが、危険な動物であることに変わりはない。また、せっかく派遣してもらった兵士たちの仕事を、子供のワガママで邪魔しては申し訳が立たない。

駄々をこねる弟の手を引っ張って家に戻ろうとした、その時。

ガサガサと茂みが揺れる音がした。その先、夕闇の奥に一対の黄色い光が点っている。リスの目だった。私たちのすぐ近くに、手負いのブドウリスが一匹現れたのだ！

「ギギギ……」

リスは、私たちを殺気の籠《こ》もった目で睨んだ。左肩に傷口が開いて、血が滲んでいるのが見える。傷の痛みがリスの凶暴性を刺激しているのだろう。

その迫力は、ブドウ畑で出くわした時の比ではなかった。奴の目には、明確な敵意と害意と憎しみがあった。

――正直、足がすくんだ。こんなにはっきりと殺気をぶつけられたのも、動物をここまで怖いと思ったのも初めてだった。

恐怖で震える心を、必死で叱咤《しった》する。

アレクを守らなければ！

リスの大きな歯で噛みつかれたら、小さい弟は大怪我をしてしまう。

私はとっさに足元の石を拾った。少し大きめでずっしりと重い石だった。

石を握りしめて、私はアレクに言う。

「逃げて。ただし走らないで、ゆっくり。リスから離れたら走って、家まで戻って」

「で、でも、おねえちゃんは……」

「いいから！」

弟を背後にかばって背中で押してやる。アレクはそろりそろりとこの場を離れ始めた。

ブドウリスは彼の方をちらりと見たが、石を握って立ち塞がっている私に狙いを定めたらしい。アレクを追うことはせず、歯をむき出して私に向かってきた！

リスの黄色い目と鋭く尖った歯が、夕日を反射してギラリと光る。

私は石を振り上げたが、リスの方がずっと素早い。あっさりと石は避けられて、リスは私の首筋めがけて飛びかかる。

まずい、こいつ、首に噛みつく気だ。私は石を握った手を戻して首を庇うが、リスはそのまま手に取りついてきた。リスの爪が腕に食い込む。大きくて鋭い歯が間近に見える。噛まれる！

――と。

夕暮れの薄闇を切り裂くように、白い何かがものすごい勢いで走ってきた。白いそれは猛然と地を蹴り、リスに噛み付いて私から引き剥がし、地面に引き倒した。

「プラム!?」

それは番犬の白犬プラムだった。いつものんびりとした雰囲気は微塵も感じられない、鋭い殺気に満ちた目をしている。

「ギャアァ……ッ」

リスが断末魔の悲鳴を上げる。プラムが顎に力を入れて、リスの命を噛み砕いたのだ。

プラムの牙の間でリスは何度か痙攣して、やがて動かなくなった。

「プラム……？」

普段はおっとりとしたプラムが、ためらいなくリスを噛み殺したのがショックで、私は呻いた。

頭では私を助けてくれたと分かっていても、思わず一歩、二歩と後ずさる。

そうしたら、ずるりと足元が崩れた。薄暗くて気づかなかったけど、大人の背丈くらいの段差がすぐ後ろにあったのだ。

私はバランスを崩し、頭から落下する――

「……■■■■、■■■■、■■■■■」

女性の声が辺りに響いた。聞き慣れない旋律に、聞いたこともない言葉。歌うように紡がれた音に、一瞬で心を奪われた。

意味こそ分からなかったけど、それが何かの力を持つ音だと直感した。

その瞬間、地面から上空に吹き上げるように強風が巻き起こる。強い風は段差から落ちかけていた私の体を支えて、頭から落ちる姿勢を変えてくれた。おかげで私は体勢を立て直して、足から着地することが出来た。

見上げた先では、口元を赤く染めたプラムが心配そうにこちらを覗き込んでいる。もう殺気は消えていて、いつものプラムだ。

やがてガヤガヤと人の気配が近づいてきた。

「オクタヴィー様、今、魔法の詠唱が聞こえましたが、リスがまだいましたか？」

「別に。迷子が一人、落っこちそうになっていたから、助けてあげただけ」

「迷子？」

「プラム、ここにいたか。どうしたんだ、急に走り出して」

最後の声はお父さんだ。

濃くなっていく夕闇の向こうに、顔を覗かせたお父さんと黒犬フィグの姿を見たら。

私は安堵のあまり、地面にへたり込んでしまった。


私とアレクはみっちりと叱られた。まずはその場で、さらに家に帰ってからはお母さんも加わって、ゼニスの人生で一番の質量で叱られた。

お母さんは私の腕の傷を手当してくれる最中も、お説教を止めなかった。傷自体は大したことがない。それでもお母さんはとても心配したようで、泣きそうな顔になっていた。

私たち姉弟が縮こまっている横で、プラムが心配そうな顔でクゥンと鳴いている。

プラムは今日大活躍だったから、後でお肉のご褒美をあげよう。プラムにだけあげたらフィグがすねちゃうので、二匹分用意しないとね。

そして私といえば、最初のショックが落ち着いた後は、あの不思議な強風について聞きたくてうずうずしていた。

お父さんとお母さんは、私がまたイカレポンチに戻ってアレクを連れ出したと思っているようだ。前科がありすぎるので反論しにくい。

私はアレクの子守を任されていたのに脱走を許して、危険な目に遭わせてしまった。四歳の弟に責任は問えないから、私のせいだと思う。反省している。

うずうずしながら黙って叱責を聞いていると、アレクが言った。

「おねえちゃんを怒らないで！　おれが先に山に行ったんだ。おねえちゃんは、おれを追いかけてきただけだよ！」

両親は顔を見合わせた。

「ゼニス、そうなのか？」

と、お父さん。

「うん、まあ、それはそうだけど。アレクをちゃんと見てなかった私のせいだよ」

私の答えを聞いて、お母さんがため息をついた。

「それを言うなら、アレクをゼニスにだけ任せた私の責任ね……」

そういえば私は対外的には七歳だった。中身がアラフォーだから責任能力はあるんだが。

私たち親子のやり取りを見ていた兵士さんたちが、口々に言う。

「ご両親、そのくらいで勘弁してやってくれ。その子らも悪気があったわけじゃなし」

「そうそう、大した怪我もなく無事に済んだんだ。リス討伐の祝いで、許してやって下さいよ」

兵士たちは平民だ。身分だけなら貴族のお父さんの方が高い。けれど彼らはフェリクス本家から派遣されてきた人々で、この村のために骨を折ってくれた。言い返すのは難しいだろう。

両親は諦めて、叱責を引っ込めてくれた。

お母さんがぱっと笑顔になって言う。

「皆さん、お見苦しいところをごめんなさい。ささやかながら、食事とお酒の準備ができていますよ。中庭へどうぞ！」

「ええ、いただくわ」

一人だけいた女性がうなずいた。鮮やかな赤毛の若い美人さんだった。十代後半くらいに見える。おしゃれな柄物のチュニカに上質なショールを巻いている。

あの風が吹いた時、この人の声が不思議な言葉を連ねていた。この人には何かがある。私はそう確信して、注意深く彼女を見守った。

中庭にテーブルが並べられ、料理とワインの酒坏《さかずき》が置かれていた。兵士たちは思い思いの場所に陣取って、宴会が始まる。お母さんと女衆は再び忙しく働き始めた。

「ほれ、お嬢ちゃんと坊っちゃん！　しょんぼりしてないで、俺らの武勇伝を聞いて元気を出しな」

兵士の一人がそう言って、リス退治の様子を話してくれる。

手伝いの村人たちも集まってきて、兵士たちはわいわいと話し始めた。

駆除作戦はまず、リスを巣に追い込むところから始まったという。ブドウリスは巣を守る習性があるので、それを利用したのだ。

数匹でも逃がすとまた増えてしまうため、一匹も残さないよう念入りに追い込みが行われた。

逃げ道になりそうな場所では、リスが嫌う匂いの香草を焚いて煙を出し、退路を断ったそうだ。

あの上がっていた煙――子供部屋の窓から見えたもの――はそれだったんだ。

集まってきたリスは、兵士たちが次々と切り捨てた。

その数、全部で四十匹あまり。ブドウリスの群れとしてはまあまあ大きい方。それでも対処が早かったので、このくらいの規模で済んだということだった。放っておいたらどんどん増えるからね。

兵士たちの剣さばきは熟練のそれで、パニックを起こして襲ってくるリスを軽くいなし、あっという間に始末したと村人が興奮気味に語っていた。

取り逃がしたのは、私たちが出くわしたあの一匹だけ。たいていのブドウリスは手負いになっても向かってくるが、あれはたまたま逃げてしまって討ち漏らしたのだそう。

「プラムが急に走り出して、フィグも後に続いたから何事かと思った」

と、お父さんが言った。

「プラムはもう七歳の老犬なのにな。ゼニスの危機を察知してあんなに走るとは」

「うん。後でご褒美あげて、いっぱい褒めてあげなきゃ」

プラムは命の恩人、いや恩犬だね。

なおリスの毛皮と肉は多少の値段がつくので、回収してきたそうな。兵士の一人が笑顔で、庭の隅に積まれた大きな袋を指さして「見たいか?」って言ってたけど遠慮したよ。アレクは見たそうだったけど。

「決め手はオクタヴィー様の風の魔法だったな。あれで煙をうまく操作して、リスを追い込めた」

「え！　魔法!?」

武勇伝の終盤、聞き捨てならない単語に私は反応した。

やっぱりあの風は魔法だったんだ！

「オクタヴィー様は、どちらさま⁉」

「私よ」

例の女性がひらひらと手を振った。

「魔法使いなんですか⁉」

「ええ、そう」

鼻息が荒い私に動じた様子も見せず、彼女は優雅にワインを飲んでいる。あのワイングラス、我が家で一番いいやつじゃないか。貴重なガラス製で、きれいな花の絵が描いてあるやつ。

「魔法があるんですか。ほんとのほんとに魔法ですか？　なんかこう、手品とかじゃなくて」

「ゼニス、やめなさい。失礼だろう」

お父さんが私の肩を押さえた。先程まで叱られていたせいもあって、強い力だった。

「別にいいわ。子供の言うことだし」

本当にどうでもよさそうに、オクタヴィーさんが言う。

「ちょっとやってみせて下さい」

「こら、ゼニス！」

お父さんの制止を振り切って、頑張って言ったのだが。

「嫌よ。見世物じゃないもの」

あっさり断られてしまった。

「オクタヴィー様、申し訳ない。娘は年の割に落ち着きがない子で」

お父さんが彼女に謝罪している。

「ゼニス、オクタヴィー様はフェリクス本家のお嬢様だ。強力な魔法が使えるから、今回の駆除に同行して下さった。うちの恩人だぞ、これ以上の失礼はだめだ」

なんと、あのお姉さんは大貴族の娘だったのか。しかも魔法使い。異世界のロマンが詰まっている。

つい先程のあの時、あのまま頭から落ちれば、下手をすると大怪我だったと思う。

それを風が助けてくれた。すごい力だ。

それにあの、魔法の呪文と思われる不思議な言葉。とてもきれいな響きだった。歌うような旋律で、どんな音楽よりも魅惑的だった。

謎めいた言葉を操って、奇跡のような力で強風を吹かせる。そして子供を一人、助けてくれた。

私は無力で、本当は大人なのに小さい弟一人守るのさえままならなかった。自分自身のふがいなさと対照的に、魔法の力が輝いて見えたのだ。

私は元々、魔法に憧れていた。ファンタジーのお話やゲームの中のキャラクターのように、強い力を自由自在に操る魔法使いになりたかった。

でもそれって、何のためだろう。ただかっこいいから？　ロマンがあるから？

それも嘘ではない。今だってそれらの思いは生きている。

けれど現実に奇跡の力を目の当たりにして、私の心に別の感動が浮かび上がっていた。

何だろう、まだうまく言えないけれど。

魔法のことだって、今は何にも知らないけれど。

もっとこの奇跡に触れたい。もっと学んで深く知りたい。

この国のことも、人々のことも。魔法についても、私はあまりに無知すぎる。

知る限りを知り、見られる限りを見、触れられる限りに触れて学びたい。この世界のあらゆることを、五感でいっぱいに感じ取って生きたい！

そんな衝動が心の奥底に生まれた。自分でもびっくりするくらい、強い思いだった。

そう、第一には魔法だ。急に目の前に投げ出された、宝石のような光を放つ奇跡。知る機会を逃してなるものか。

しかし、あまり強引に迫るのも出来ない。私は既に迷惑をかけてしまっている。本当ならばこれ以上はいけない。分かってる。

……けれど諦めるなんて、絶対に無理！

私は別路線で攻めることにした。なるべく落ち着いて、丁寧な口調で質問をする。

「私も魔法使いになれますか？」

「さあ、どうかしら」

「魔法使いになるには、どうしたらいいですか？」

「まずは魔力がないとね。ある程度の魔力がなければ、魔法は使えないから」

魔力。なんかそれっぽい単語が出てきたぞ。私は胸が高鳴るのを感じた。

「魔力のあるなしは、どうやったら分かりますか？」

「ゼニス、そのくらいにしておきなさい」

再びお父さんのストップが入ったが、今度はオクタヴィーさんが「いいわよ、教えてあげる」と答えてくれた。ちょっとめんどくさそうな様子ではあったが。

「分家の子にそんなに熱心に聞かれたら、無視もできないじゃない」

恐縮するお父さんを尻目に、彼女は荷物袋から小さな石を取り出した。乳白色で、親指くらいの大きさをしている。

「これは魔力石といって、生き物の魔力に反応して光るの。……こんなふうにね」

手のひらに乗せた小石に彼女が人差し指で触れると、石は淡いオレンジ色に輝いた。温かみのある、でも不思議な光だった。

「触ってみて」

石を手渡された。先程の彼女と同じように手のひらに乗せて、指先でつついてみる。

何も反応がない。

「残念、きみには魔力がないみたい。魔力はない人がほとんどなの。だからもう、魔法は諦めて頂戴。はい、これで話は終わり」

やれやれ、といった感じでオクタヴィーさんが言う。でも私は引かなかった。

「待って下さい。これ、魔力に反応して光るんですよね。指先から魔力を流すというか、なんかそんな感じの方法があるのでは？」

「……へぇ？」

だって手のひらに乗せただけでは、オクタヴィーさんの時だって光らなかった。光ったのは指で触れた時だ。

彼女は少しだけ目を見開いて、私を見た。

「よく気づいたわね。ちょっとは見どころがあるのかしら。そう、きみの言う通りよ。だいたいの人は、これで騙されてくれるのにねぇ」

騙す気だったのかい。こんないたいけな子供に平気で嘘をつくとか、困った人だな！

私、ちょっとやそっとじゃ諦めないよ。やり方があるならしっかり教えてもらわなきゃ。

「指先は魔力が流れやすい場所と言われているわ。血の流れを意識して、指から石にその流れを移すように触れてみて」

また渋られるかと思ったが、今度はきちんと教えてくれた。

血の流れ、血流か。魔力は血液と連動するものなのだろうか？

その辺はまだ分からないけど、イメージなら出来る。むしろイメージは得意だ。前世はずっとオタクで妄想はお手の物だった。オリジナル卍解とかオリジナル忍術とか考えたよね。

オタク方面だけじゃなく、プログラミングの仕事だって完成形をイメージしながら設計するのだ。イメージ力と妄想力なら任せてくれ。

血流に魔力なるものを乗せて、指先から流れ出るように。そして石に流し込むように。

左手に乗せた小石に、右手の指先からイメージを注ぐ。目を閉じて、体を巡る血管と血流を思い浮かべながら、全身から集めた力を右腕に、そして右手の人差し指に。

うなれ、私のハンドパワー。そしてフィンガーパワー!!

右手が熱い。その熱をそのまま流して、石に触れる。今度は石まで熱を帯びたように感じる。

「……これは!」

そう言ったのは、誰だったか。

ゆるりと開いたまぶたの間、狭い視界を埋め尽くすように、小石から白い光がまばゆく放たれていた。

白光の輝き

真っ白な光が眩しいほどの輝きを放つ。

中庭のたくさんの灯火を圧倒して輝き、その場にいる人々の視線を吸い寄せる。間近で光を見つめる私は、まぶしくて目が焼かれてしまいそうだ。

光は十秒ほど輝き続け、やがて音もなく消えた。

「……驚いたわ」

静まり返った中庭で、オクタヴィーさんが言った。

「こんなに強く輝くのは、首都でも多くはないわ。かなりの魔力ね」

私は元の乳白色になった石を握りしめた。まだほんのり温かい。静かになった周囲に反して、心臓はどくどく脈打ってうるさいくらいだった。

「こりゃあすごい！　フェリクスの家門から、また女の魔法使いが出るぞ！」

沈黙を破って、兵士さんの一人が大きな声を出した。それを機に他の皆もわいわいと騒ぎ出す。

「いいねえ、魔法使いがいると大助かりだ。水に火に風に、なんでもござれだもんな！」

「今日のブドウリス退治だって、オクタヴィー様がうまい具合に風を吹かせてくれて、リスどもを逃さずに済んだぜ」

お酒が入っているせいで、みんな好き勝手言ってる。

兵士さんたちは代わる代わる私の頭をぽんぽん叩いたり、魔力石を借りて指でつついてみたりしている。もちろん誰も光らない。アレクもやってみたけど、やはり光らずにがっかりしていた。

そしてそのうち飽きたのか、彼らは宴会に戻っていった。

「参ったわねぇ……」

にぎやかな兵士さんたちとは対照的に、オクタヴィーさんは気だるそうなため息をついた。

ていうかなんで参るのさ。身内の子が前途有望な才能を示したんだから、もっと喜んでくれてもいいじゃん。

それで私はもっといっぱい勉強するんだ。魔法もそれ以外もたくさん学んで、色んなことを、不思議に満ちたこの世界のことを山ほど知るんだ！

いや待て、私ちょっと舞い上がってる。向こうにも事情があるのかもしれない、ちゃんと聞いてみよう。

「あの、オクタヴィー様。私、魔法使いになれますか？」

「まあ、あの魔力の光を見せられたらね。家門の子に才能があるのなら、拾い上げるのも本家の義務よ」

「おぉー！」

ということは、本当に魔法使いへの道が開けてきた！

お父さんと、光を見て厨房から出てきたお母さんが、私の肩に手を置いて両脇に立つ。お父さんが口を開いた。

「ゼニスに才能があるのですか？」

「ええ。首都でも――つまりユピテルでも上位の魔力と言っていいでしょうね」

「けれどこの子は、その、お恥ずかしい話ですが。ついこの間まで分別がまるでなくて、年相応の教養も身に付けていないんです」

と、お母さん。

うん、ごめんなさい。イカレポンチでした。毎日暴れ回ってばかりで、手伝いも勉強もまるでしてこなかったです。

「そうなの？　しっかりしてるように見えるけど？」

「こうなったのは最近で。木から落ちて頭を打って以来、別人のように……いえ、別人は言いすぎですが、急にしっかりしました」

別人のようにって言ってくれてもいいんだよ、お父さん？　別人は言いすぎ程度にしかイカレポンチ時代と違わないなら、アラフォーとして逆にショックなんだけど。

「ふーん？　いわくつきなのね。……はあ、ますます参ったわ」

「なにか問題がありますか。オクタヴィー様のご迷惑にならないよう、私、一生懸命頑張ります！」

意気込んで宣言したものの、彼女の反応は思わしくない。

「頑張ってもらってもねぇ。きみが魔法使いの勉強を始めるとなると、首都のフェリクスの屋敷で預かることになるの」

「おお！　すごいですね、私、まだ首都に行ったことないです」

「で、当然、後見人は私。面倒を見るのも私になるわ」

「はい、よろしくお願いします」

「私、子供は嫌いなのよね。うるさいし、汚いし……」

なんと。オクタヴィーさんの個人的な好みで「参った」とか言ってたのか。なんだそれ。ちょっとわがままじゃないですかね？

いいや、こちらがお世話になる以上はそんなことを言ってはいけない。一生懸命頑張るのみ。

「大丈夫です。静かにできます。汚くもしません、お風呂も一人で入れます」

「どうかしら。それに教養がないと言ってたわね。読み書きはできる？　計算は？」

「……読み書きはできません。でも、計算はちゃんとできます」

「はあ？　なにそれ」

ユピテル語の読み書きは、勉強をサボっていたせいでまだ出来ない。でも、計算は普通に出来るぞ。そりゃあもうアラフォーだから高校数学あたりはうろ覚えになってるが、中学レベルまでなら大丈夫なはずだ。因数分解程度ならできるできる。

「こら、ゼニス！　嘘はやめなさい。計算なんてできないだろう」

お父さんに小声で叱られた。

うーん、出来るのは本当なんだけど、周りから見たら出来なくて当然か。むしろ計算だけばっちりだったらおかしいよね。方向性を修正しよう。

「えーと、すみません。やっぱり計算もできません」

この後ちょっと勉強したら、すぐ覚えたことにしよう。

私の言葉に、オクタヴィーさんはジト目になった。

「子供は嘘つきよね。そういうところも嫌い」

しまった、墓穴を掘ってしまった。

「ごめんなさい。今後は正直に答えます」

ある意味、今も正直に答えたのに。くそ、めんどくさいな。

しかし今は魔法使いになるための絶好のチャンスである。少々の面倒くらい屁でもないぞ。

「できるだけご迷惑をかけないようにします。どうかよろしくお願いします」

「はぁ……。ま、義務である以上は私もちゃんとやるわよ。せいぜい頑張って頂戴」

オクタヴィーさんはうんざりした顔で、ワイングラスの残りを飲み干した。おかわりを注ぎながら、お母さんが言う。

「本当にゼニスが本家預かりになるのですか。こんなことは初めてで、私どももどうしたらいいか」

「そうね、その辺りは明日にでも話し合いましょう。そちらの準備もあるでしょうから」

今日はもうみんな宴会モードで、お酒も入っちゃってるものね。

当初の予定では明日の朝にもう一度、裏山の見回りとブドウリス全滅の確認をして引き上げる手筈だったらしい。両親とオクタヴィーさんが話して、兵士は帰すが彼女だけ数日残ることになった。

そこでこの話はいったん終わりになって、リス駆除成功祝いの宴会にみんなで改めて参加したのだった。


魔法使いになれる！

その夜はわくわくして、興奮してなかなか寝付けなかった。

魔法、魔法。あの時の強風のような力を、私も扱えるようになるんだ。

兵士さんは水も火も風もなんでもござれって言ってたっけ。

首都で暮らすことになるらしいけど、どんなところかな。ああでも、首都に行ってしまったらお父さんとお母さんと、アレクと、ティトともお別れになっちゃうのか……。

いやいや、二度と会えないわけじゃない。たまに里帰りくらい出来るだろう。いい大人がホームシックなんて情けないからね。

――『二度と会えない』のフレーズで、ふと前世の家族を思い出した。

両親と二人の姉。あの時の私は末っ子だった。姉は二人とも結婚して子供もいた。

私が死んで、彼らは悲しんだだろうか。高齢だった両親は、気落ちしなかっただろうか。まだ幼かった甥っ子や姪っ子たちの心に、余計な傷を残さなかっただろうか。

あの人たちには、言葉通りもう二度と会えないんだ……。

考えても仕方がない。ゼニスの体で、私は頭を振った。

前世はもう終わった時間。ゼニスにはこれからがある。

心に湧いた気持ちを無理やり押し込めて、私は枕をぎゅっと抱きしめた。中に詰めた羊毛の、太陽に干した匂いとちょっぴり獣臭い匂いがする。

前世ではかいだことのない、けれど今生では毎日親しんだ匂いだった。

翌朝、夜遅くまで飲み食いしていた兵士たちは二日酔いの頭を抱えながら起き上がり、オクタヴィーさんの指示のもと再度裏山へと向かった。

もう危険はないだろうということで、私も同行させてもらった。兵士以外ではお父さんと村人が何人か、それに我が家の番犬が二匹である。

昨日、リスを仕留めて大活躍だったプラムはもちろん、フィグもおこぼれでご褒美の鶏肉をもらった。おいしそうに食べていたよ。

番犬たちは最近出番が多いのが嬉しいらしく、張り切った顔で歩いている。二日酔いで青い顔をしている人間と対照的で、なんだか可笑しかった。

裏山は入った当初こそいつもと変わらないように見えた。けれど例のブドウリスの巣がある辺りに、昨日の戦闘の跡が残っていた。

巣は大きな木の洞にあった。小枝や葉っぱが敷き詰められていたらしく、あちこちに散らばっている。

地面はざっと掃かれたようになっていた。リスを斬り殺した時に血が飛んだので、片付けたとのこと。血の臭いをそのままにしておくと、今度は肉食の獣や害虫が寄ってくる可能性があるから。

辺りはひっそりとしていて、リス一匹もいない。

兵士の何人かが地面に膝をつき、指で地面をなぞったり顔を近づけたりしている。私が不思議そうに見ていると、「リスや他の獣の足跡や痕跡を確認してる」と教えてくれた。

犬たちもあちこち匂いを嗅いでリスを探したが、やはり全くいなかった。昨日できちんと全滅させたようだ。

黒犬のフィグが何かを見つけたと得意げに吠えたが、それは単におもちゃにちょうど良さそうな枝であった。

これで遊んでほしいってか。うん、後で投げっこしてあげよう。フィグは投げた棒を拾ってくる遊びが大好きだもんね。

「問題ないわね」

一～二時間ほどあちこちを確かめた後、オクタヴィーさんがうなずいた。

今度こそ本当に撤収だ。私はフィグが見つけた枝を持って、大人たちについていった。

村に戻ってくると、お母さんたちが出迎えてくれた。

……なんか血なまぐさい臭いが立ち込めている。なんだ？

お母さんが進み出て、樽を一つ差し出す。

「村の皆で狩ったリスの毛皮を剥ぎました。まだ半分ほどですが、脂をしっかり削いでおきましたので」

「ご苦労様。それは持ち帰らせるわ。肉と残りの分はそちらで好きに処分して頂戴」

オクタヴィーさんが鷹揚《おうよう》にうなずくと、兵士が樽を受け取って馬に積んだ。馬は騎乗用じゃなくて荷馬なんだね。

その後は村人一同で兵士たちに改めて感謝の言葉を伝える。その声を受けながら、彼らは帰っていった。

残ったのはオクタヴィーさんと兵士が二人。兵たちはオクタヴィーお嬢様の護衛だろう。

「さて、と。それじゃあゼニスの今後を話し合いましょうか。でもちょっと疲れたから休憩したいわ」

「かしこまりました。お茶の準備をします」

お母さんに先導されて、オクタヴィーさんと兵士さんたちが家に入っていった。お父さんは水を飲んでくると言って井戸の方へ行く。

私はどうしたらいいかな？　そう思ってると、「おねえちゃん、おかえり！」とアレクの元気な声がした。昨日、両親に強く叱られたショックは、もうすっかり晴れたようだ。なんか後ろ手にものを隠すようにして走ってくる。

「ただいまー。アレク、なに持ってるの？」

「えへへ、見たい？」

「うん、見せて」

じゃーん！　と目の前に取り出されたのは……ブドウリスの生首であった……。死後一日経っているせいで目玉がどんより濁り、半開きの口の端から舌がだらんと垂れている。ぐ、グロい、うおぉ……。

私は自慢じゃないがグロ耐性が低い。前世ではホラーもスプラッタもバイオなハザードもだめだった。ゼニスの人生でも鶏を絞めるのくらいは見たことがあったが、ここまで生々しいのは初めてだ。

「すごいでしょ！　お母さんがひとつくれたの。後で皮をはいで、よーく洗って、骨のペンダントにしてもらうんだ！」

「そ、そう、よかったね？」

ちょ、アレク、それを私の顔に近づけるのはやめて。うわっ生臭い、きもいきもい！

正直逃げ出したかったけど、はたと思い直す。私がここで「リスの生首きもい～～～！」とか叫んで逃げたら、アレクを傷つけないだろうか。こんなに嬉しそうに見せてくれてるんだもん。

それにこの子は、これからこの村で大人になっていく。農村で家畜やその他の生き物の生き死に触れるなんて、珍しくないだろう。私が嫌悪感丸出しにして拒否ったら、まだ幼いアレクに影響を及ぼして、彼のグロ耐性も下がってしまうかもしれない。そうしたら暮らしていくのが大変になってしまう。

そう、例えば。この子がいずれ大きくなって、好きな女の子ができた時。グロ耐性が低いばかりに、鶏を絞めたり獣を捌いたりするのが下手だったら、振られてしまうのではないか。「こんなこともできないなんて、サイテー。あたし弱っちい男は嫌いなの！」って。そしてアレクは、初恋の人に手ひどく振られたのがトラウマになって婚期を逃してしまい、周囲の跡継ぎを望むプレッシャーにさらされるのだ。

そんな日々の中、久しぶりに里帰りした私はワインを飲みながら彼の愚痴を聞く。「姉さん、俺、どこで間違ったのかな……」アレクはかみしめるようにワインを飲む。

それを聞いた私は思う。ああ、あの時、私がリスの生首から逃げたばかりに……と。

一瞬の間にそこまで思考が回り、私は決心した。

よし、がんばれ私。アレクの将来のために、この状況を穏便に乗り切るんだ。グロ耐性シールドを全開にしろ！

「素敵だね！　えー、なんというか、こう、形のいい頭がいい骨をしたリスで？」

かなり棒読みだった上に褒めるポイントがそこでいいのか怪しかったが、アレクは満面の笑みで答えてくれた。

「うん！　かっこいいのを選んだの。おねえちゃんの分もあるよ。後でいっしょに、選ぼうね」

「あっ、はい」

善意百パーセントのかわいい笑顔を前に、私はそう言うのが精一杯であった。

アレクの新たな宝物、リスの生首。それは犬のフィグが見つけた枝棒に刺され、さながら討ち取った敵国の将首のように掲げられた。

誇らしげなアレクは棒を振りかざしながら、他の子供たちに見せてくると言って走っていった。

目の前から生首がなくなったので、私は安堵の息をついた。アレクは心の優しい子だけど、やっぱ男の子だなぁ。

さすがに私の分の生首を選ぶのはきつすぎるから、前世で培ったジャパニーズ社交辞令でやんわり断ろうと思う。

私もお水を飲もうと中庭に出ると、リスの残骸がたくさん並べられていた。もうすっかりお肉になってるのとか、まだリスの原形を留めてるのとか、色々ある。ううぅ怖いよぉ……。

なるべく見ないようにして井戸に行く。お父さんはもういない。

カップに井戸の冷たいお水を汲んで一息ついていたら、ティトがやってきた。

「ゼニスお嬢様、ここにいましたか。応接間まで来るようにと、奥様からの言いつけです」

「ラジャー、今行くよ」

「らじ……？　なんですか？」

「かっこいい返事の仕方！」

私はお水のカップを井戸の横に置いて、応接間まで行った。

部屋の中では両親とオクタヴィーさんが椅子に座って待っていた。護衛の兵士二人は壁際に立っている。

テーブルにはお茶のカップとお茶菓子が出ている。お茶と言っても紅茶や緑茶なんかの茶葉のお茶ではなく、大麦を炒った麦茶である。ノンカフェインで子供の胃にも優しいやつだ。この国では茶葉もコーヒー豆もないらしく、どっかで発見できたら大儲けだろうな。山とかに自生してないかな？

お母さんが隣の椅子を示したので、そこに座った。

「それじゃあ、ゼニスの今後を決めましょう」

オクタヴィーさんが口火を切る。

「フェリクス本家としては、いつでも受け入れ可能よ。屋敷の一室に下宿してもらうことになるわね。ゼニスはまだ読み書きができないから、家庭教師について勉強しなさい。一通りの学問を身に付けたら、魔法学院に入学する手続きを取ってあげる。どのくらい時間がかかるかはきみの頑張り次第ね」

魔法学院！　そんなのがあるんだ。それじゃあ私も青春学園編をやるのだろうか。前世、実際の学生だった頃は、根暗なオタクでカースト最下位だったんだけど。うーむ青春ものとか柄じゃないなあ。倍速スキップでいいんじゃないか。

「こちらで用意が必要なものは、何でしょうか」

と、お父さん。

「特別なものは何もないわ。身の回りのもので十分よ。そうね、ゼニスを一人で行かせるのが心配なら、この家の奴隷か使用人をつけてあげたら？」

「分かりました」

お父さんがうなずいて、お母さんが続ける。

「失礼ですが、支度金などはどれほどあれば……？」

両親が緊張している。我が家は田舎貴族で食うに困らぬ程度の資産はあるけど、そこまでのお金持ちではないからな……。私も心配になってきた。お金が足りなくて借金を背負って、本家でいじめられながらブラック労働をする羽目になったらどうしよう⁉　意地悪な女中頭がいて、食事は野菜の皮とか切れ端ばっかりになるんだよ、きっと。

「支度金ねぇ」

オクタヴィーさんは肩をすくめた。

「別にいらないと言えばいらないのだけど、体面的にそうもいかないわよねぇ。んー。金貨と現物、どちらがいいかしら？」

「と言いますと？」

「ここはブドウの産地よね。今年の一番いいワインを瓶《かめ》で一つか、それに相応する額の金貨か。そちらの出しやすい方でいいわ」

お父さんとお母さんは小声で相談を始めた。

話はすぐにまとまって、お父さんが言う。

「瓶でお願いいたします」

「分かったわ。……私も瓶を薦めようと思っていたの。ゼニスを首都の連中に紹介する時、ワインをふるまいながら実家の名も売り込めるからね。金貨に名前を書くわけにはいかないもの」

「ご配慮ありがとうございます」

両親は立ち上がって膝をついた。慌てて私も真似をする。これは確か、最上級の敬意と感謝を表す礼だ。

オクタヴィーさんが跪いた私たちに立つように言って、私たちはまた椅子に座った。このへんは様式美らしい。

その後も話はさっさとまとまり、私は魔法を見せてほしいと言ったのだが、またもや「また今度ね」とかわされてしまった。

けち。いやいや、慎重なふるまいをするお方ですね。でもやっぱり、ちょっとけち。

話し合いは終わったので、両親と私は応接間を出る。

「オクタヴィー様は若くても、さすが本家の方だな」

「ほんとに。我が家の懐事情も気にかけて下さって、ワインの売り込みまでやって下さるなんて」

「家門分家として本家にますます尽くさないとなあ」

お父さんとお母さんはそんなことを言っている。

オクタヴィーさんは子供に辛辣な分、大人のやり方はわきまえているらしい。

「ゼニスもよくよく感謝しなさい。破格の条件でお前を預かってくれるんだから」

「うん。勉強いっぱい頑張って、魔法もばっちり覚えてすごい魔法使いになるよ」

正直、本当にラッキーだと思う。この田舎の暮らしは気に入ってるし、家族のことも大好きだけど。

せっかく異世界転生をしたんだ。この国、ひいてはこの広い世界をもっと見てみたい。色んなことを山ほど学んで知って、魔法もしっかり身につけて、好きなことをたくさんやって生きていきたい。

昨夜、宴会の時に感じた「もっと知りたい」という強い衝動。それは今も私の胸で脈打っている。この衝動を原点に、今度こそきちんと生きていきたい。

前世、自分の体力とキャパシティーもわきまえずにブラック労働に明け暮れて、つまらない死に方をした。

もっと早めに転職するとか、誰かに相談するとか、あの時だってやりようはあったはずだった。それなのに最悪を選んでしまった。振り返れば後悔ばかりだよ。

だからもう一度、こんなに恵まれた環境、いい人ばかりの中で子供からやり直せるなんて。いるかどうか分からないけど、異世界転生の神様に感謝しなきゃ。

今度は自分を大事にして、色んなことをいっぱい学んで知って、私を大事にしてくれる人たちに目一杯報いて。「あー幸せだった！」って長生きして死なないとね。

よし、やってやろう。まずはこのチャンスをしっかり生かさないと。勉強はもちろん、エラル家の名声もばっちり高めちゃうからね。

さあ、がんばるぞー！

第II章

首都での生活

TENSEI DAIMAJYO NO ISEKAIGURASHI

首都ユピテル

首都ユピテルに着いたのは、冬の初め、木枯らしが吹く寒風の中だった。

夏のリス騒動から早数ヶ月。出発は少し遅れてしまったけど、今日から私の首都ライフが始まる。

遅れた理由は、夏から秋にかけてがブドウ農家の繁農期だったから。収穫からワインの仕込みまで、この時期は毎年猫の手も借りたいくらいに忙しい。こんなクソ忙しい時期に私の出発準備や見送りなんて、していられないからね。

一連の作業が落ち着いた後の冬にしようと、両親と私の意見が一致したのだ。フェリクス本家に連絡して、もちろんＯＫをもらった。

首都にはティトがついてきてくれることになった。彼女だってまだ十一歳――もうすぐ十二歳――の子供だけど、私にとっては一番の仲良しだから。

付添いは大人の方がいいのではないかとお父さんは心配していた。でも私付きの使用人の仕事は結局、私の身の回りの世話になる。だったら新しい人よりティトの方がいい。それにそんなに人数の多くない田舎村で、即戦力の大人を一人引き抜いてしまったら、残される人にしわ寄せが行ってしまう。

その点、ティトは元々私とアレクの子守が仕事だった。アレクの子守役を一人追加しないといけないが、あの子はイカレポンチ時代の私みたいに手がかかるわけじゃない。負担は少ないだろう。

というような理由が絡み合った結果、ティトで決定したのだった。


秋の忙しさが終わり、冬が訪れると同時にフェリクスの道案内の人が迎えに来てくれた。優しそうな中年の男性だった。

さすがに七歳の私と十一歳のティトだけで数日の道のりを旅するわけにいかない。

お父さんとお母さんと、アレクと犬たちと。それにティトの家族や他の村人たちの見送りを受けながら、私たちは故郷を出た。

朝に出発して、最初は簡素な土の道を半日ほど歩いた。途中で石畳の街道に合流する。

冬の季節にもかかわらず、街道まで出ると人の往来もずいぶんと増えた。

荷を丈夫な布で覆った荷馬車がゴトゴト走っている。背に荷物を振り分けたロバが、商人らしき男性に引かれて歩いている。

農民の格好をした男性は、牛が引く荷車に乗っていた。ああいうシンプルな牛車には見覚えがある。

故郷の村で農民の人たちが近くの街まで農産物を売りに出かける時、牛に車を引かせて行ったたっけな。農村では牛はけっこうな財産なのである。

「ここからは街道を進みます。街道は道幅が広いし、舗装もしっかりしている。歩きやすいでしょう？」

と、案内人さん。

よく見ると街道は中央部分がほんの少し高く、路肩の部分は低くなっている。雨が降っても道路に水がたまらず、側溝に流れていく仕組みだ。

「わたしは昔、軍で兵士をしていましてね。ユピテルの街道や水道橋、運河なんかの土木工事は、ぜんぶ軍団兵が人足として働くんですよ。だから兵士は皆、工事が得意なんです」

ユピテルは街道の国と言っていいほど、たくさんの道路が整備されているのだそうだ。『全ての道はユピテルに通ず』もしくは、『全ての道はユピテルから発する』という格言があるくらいである。

案内人は兵士時代の土木工事の話を色々と聞かせてくれた。

街道は本来、軍隊の移動をスムーズにするために敷設されたこと。

主要な街を結ぶところから始まり、今では網目のようにユピテル半島を覆っていること。

どんな時でも軍を素早く派遣できるよう、街道は可能な限りまっすぐ造られている。山があれば切り開き、トンネルを掘る。谷や川があれば橋をかける。

街道に傾斜をつける以外にも、基礎工事をしっかりやることで水はけを良くして、道が水浸しにならないようにする。などなど。

軍団兵は歩兵が中心だが、騎兵もいる。輸送部隊の荷馬車もある。

それらの多様な兵種の移動が円滑になるように、道幅なども計算されているのだそうだ。

私は話を聞きながら、前後に伸びる街道を眺めた。

確かに道は真っ直ぐで石畳もしっかり均一。まるで高速道路みたいだな、と思った。

ユピテルの街道は古代の高速道路なのかもしれない。

そして、街道の話をする案内人は生き生きとした目をしていた。

土木工事に携わる兵士は、国に貢献する誇りを持って仕事をするのだそう。

「街道やその他の公共物の建築、メンテナンスは大事な仕事です。これらは国の事業の他、各地の有力者が私財を投じて行っていますよ。それこそが公共への奉仕。貴族、人の上に立つ者の責務ですから」

ノブレス・オブリージュというやつか。

そういえば、うちみたいな小さい貴族家でも近くの水道橋の補修をやったりしていた。お金の出どころは気にしていなかったけど、たぶん我が家の私費だったんだなぁ。

そんな話をしながら歩いて、夕暮れ時になった辺りで宿場町に着いた。

宿場町は宿屋に食事処、厩舎、ちょっとした広場、小さい公衆浴場《テルマエ》まであった。至れり尽くせりである。

ユピテルでは旅人や商隊、各地を行き来する私設・公設の飛脚のため、こうした宿場町が数多く整備されているそうだ。

元は軍用道路だった街道も、今は民間人が大いに利用している。

ユピテルという国は古代っぽい雰囲気のくせに、なかなかに賢く発展しているらしい。

翌日以降も同じように旅は続いて、首都が近づいてくると人の密度が上がってきた。

というか、かなりの密集具合になってきた。

「この辺りはスリなどの不届き者も多い。わたしも注意しますが、お嬢さんがたも気をつけて」

「はい！」

案内人に言われて、私とティトはしっかりと自分の荷物を抱え直した。

やがて遠目に城壁と城門が見えてくる。

でも街並みは城壁のずっと手前から続いていて、どこからが首都の街なのかよく分からない。

「首都は、今となっては城壁があってないようなものです。もう百年以上、首都に敵兵がやって来たことはありません。あの門は昔の名残ですよ」

そして私たちは、とうとう首都ユピテルまでやって来たのだ。


初めての首都は、そりゃあもう壮観だった。

なんだかんだ言って前世の記憶がある私としては、この古代っぽい文化レベルの国の都市なんて、田舎町に毛が生えたくらいだろうと高をくくっていたんだけど。見事に裏切られた。

まず、すごいいっぱい人がいる。

「首都の人口は八十万人を数えます」

と、案内人さん。

そりゃあ前世の一千万都市とかに比べれば小さいけどさ、今までいた村が数百人レベルだったから。いきなり上がった過密度にびびったよ。

それに八十万人分の人口調査をして、きちんと数を把握してるってことになる。行政システムも発達しているようだった。

さらに、行き交う人々の人種が雑多なのだ。

ユピテル人らしいやや日に焼けた肌に茶や黒っぽいの髪の人々。南の大陸の生まれだという黒髪に黒い肌の人。金髪に色の薄い目、白い肌の北方人。加えて、褐色の肌に黒い髪とひげをたくわえた東方風の人たち。

あ！　黒髪に切れ長の目のアジア風の人までいる！

これはもう、立派な国際都市だ。人種の坩堝《るつぼ》である。

ただ、エルフや獣人みたいな変わり種は見当たらない。この世界にそういう亜人種はいないのかもしれない。

建物も平屋ばっかりだった村と違って、五階から七階建てが立ち並んでいる。それがお互いくっつくくらいの隙間のなさで、大通りに面してずらりと並んでいた。

大通りは道幅が広く取られていて、荷を積んだ馬やロバ、人がひっきりなしに行き来している。ラクダまでいる。活気と喧騒にあふれてる。

意外なことに馬車はいない。案内人さんに聞いてみたら、道路の混雑がひどすぎて昼間は馬車が禁止されているらしい。荷馬車も人が乗る馬車もだ。荷馬車は夜に通行するか、もしくは馬車が許可されている倉庫街に直行する決まりであるらしい。

確かにこの混みっぷりだと、交通事故が起きそうだ。

案内人さんの豆知識では、昔は大通りに面した店や民家が道に張り出すように増築を繰り返して、道が細い迷路みたいになってた。ところが五十年ほど前に大火事が起こり、道が細くて逃げ遅れた人が大勢出た。消火活動も道が狭くて難儀した。

そんな経緯があり、元老院の法令で大通りへの増築が禁止され、今のように広々とした道になったんだそうだ。

裏路地は今でも入り組んでいて狭いけど、主要な道路はしっかり確保されているとのこと。

へぇぇ、ほー、なるほどねー、と、私とティトはすっかりおのぼりさんの観光客状態である。

案内人さんが小さい旗でも持っていれば、正に観光ガイドだろう。

それにしても人が密集する都市部で火事が起こるのは、どこでも同じなんだね。江戸時代の江戸もしょっちゅう火事になって大変だったし。八百屋お七の話とかさー。

まあ江戸は建物がみんな木と紙だから、よく燃えたんだろう。

このユピテルも建物の一～二階部分は石とレンガだけど、三階以上は木造のようだ。全部石造りより軽量化って意味ではいいものの、火事は起きやすくなるよね。


フェリクス本家のお屋敷は、小高い丘の上の閑静な高級住宅街にあった。

どのお家も広々と敷地を取っていて、丘の下の雑然とした過密状態が嘘みたいだ。

こういう丘は首都ユピテルにいくつかあり、主だった神々の大神殿、大貴族の屋敷などが置かれているらしい。物理的に下々を高みから見下ろすわけだねぇ。

本家のお屋敷はとても立派だった。

ユピテルの家屋は、だいたい四角い形をしている。真ん中がくり抜いたような中庭になっていて、庭の周囲は柱が立ち並んでいるのが一般的だ。普通は平屋かせいぜい部分的に二階建てくらい。

本家のお屋敷も基本の形は一緒だけど、中庭付きの四角い建物がいくつも連結していて、かなりの広さだった。しかも二階建ては当たり前、三階建ての部分もある。

最初に入った建物の中庭部分は、プール？　貯水池？　になっていて、きれいな色の魚が泳いでいた。豪華……。

広い建物の床、壁、天井には緻密なモザイク画が描かれており、柱やその他の要所要所に彫刻が施されている。しかもその彫刻も、全部色が塗ってある。ぜ、贅沢……！

大理石造りの建物というと、前世では白一色のイメージが強かった。

でもこの国は派手なくらいの色彩が好まれていて、白い部分はむしろ少なかった。

ふと横を見ると、ティトがぽかんと口を開けて間抜けな顔をしていた。間違いなく私もあんな顔だったと思う。いかん、もっとキリッとしなければ！

私は我が家の番犬たちが張り切っている時の顔を思い出して、キリッとした表情を作った。

エラル家の村からここまで案内してくれた人と、玄関から少し進んだところで別れる。その先はお屋敷の使用人が引き受けて、私の部屋まで連れて行ってくれた。

私の部屋はお屋敷の奥の方、中庭に面した場所にあった。

室内はそこそこの広さで、ベッドを兼ねた寝椅子とテーブル、箪笥《たんす》などが揃っている。きれいに掃除されており、今日から寝泊まりして問題なさそうだ。壁には猫や水鳥のモザイク画が描かれていて、可愛らしい。

ティトの部屋はフェリクス本家の使用人棟にあるとのこと。そちらは何人かの相部屋らしい。

荷物を置いて身支度を整えたら、オクタヴィーさんと本家の方々に挨拶をするように言われた。

そういや出迎えはしてくれなかったなぁ、オクタヴィーさん。相変わらず子供に塩対応な人である。

簡素な麻布の旅着を脱いで、おろしたてのウールのチュニカに、やはり毛織物のショールを巻く。子供用のセミフォーマルな装いというところである。

どちらも私のためにお母さんがこしらえてくれたものだ。秋は忙しい季節なのに、夜なべして作ってくれた。ユピテルでは布はそれなりの貴重品で、私もずっと着古したものを使っていたので、真新しい服の感触がなんだかくすぐったい。

ティトも彼女の姉と母親が作ってくれた、新しいチュニカを着ている。子供用ではなく、少し丈の長い若い娘が着るものだね。チュニカの下にスカートも穿いている。

二人でお互いに身だしなみチェックをして、よしＯＫ！

廊下で控えてくれていたフェリクス本家の侍女さんに、取り次ぎを頼んだ。

すぐに執務室まで案内される。中央の中庭にほど近い、建物を見渡せる場所だった。細やかな装飾が施されたドアの向こうに、がっしりとした作りの机が見える。

その机の前に着席している男性が一人、横に立っている女性が一人。女性はオクタヴィーさんだ。となると、あの男性がフェリクス本家の当主だろうか。

私は緊張しながら、室内に足を進めた。

「よく来たね、ゼニス。今日からここを我が家だと思って暮らしておくれ」

執務机に肘を置いて座っている人は、まだ若い男性だった。二十代半ばくらいじゃないだろうか。彼はトーガというユピテル男性の衣服をまとっている。上等な布地で、ちょっとラフな巻き方がとてもハイセンス。

てっきり壮年くらいの人が当主だと思っていたので、私は固まってしまった。

私の様子に気づいて、彼は軽く苦笑した。

「俺はティベリウス、フェリクス現当主の息子だよ。オクタヴィーの兄だね。父は各地の荘園を見回って不在なので、今は俺が当主代行として屋敷を預かっている」

「そ、そうなんですね」

あわあわと落ち着きなく喋ってしまった。前世から続いて、私はいつもこうだ。予想外のことが起きるとびっくりして、思考も行動もフリーズしてしまいがちなのだ。

落ち着こう。今日のミッションはフェリクス本家の人たちとの顔合わせだ。当主が不在なのは私と関係のないことだから、この人にちゃんと挨拶ができればいい。

筋道立てて考えをまとめれば、心は静まってくる。小さくうなずいて、事前に練習した通りの礼をした。

「お初にお目にかかります、ゼニス・フェリクス・エラルです。オクタヴィー様に引き立てていただいて、今日からお世話になります。こちらは使用人のティト。よろしくお願いいたします」

「うん。偉いね、まだ小さいのにちゃんと挨拶ができる。では、俺のことはリウスと呼んでくれ」

「えっと……」

またもや試練が降り掛かってきた。偉い人が気さくに言ってきたことを、素直に言葉通りに取っていいものか。

私、空気読むの下手くそなんだよ。だいたい空気読むって何よ。空気は吸うものじゃないか。とはいえ何かしらのアクションは必要だ。ひとつ可能性を考えてみよう。

一．言葉通り愛称で呼ぶ。

彼に他意がなければオッケー。でも本当はそんな馴れ馴れしく呼んではいけない場合は、礼儀知らずとして私、ひいてはエラル家の評価が下がる。

二．遠慮して正式名で呼ぶ。

目上から親しげに言われても遠慮するのが礼儀なら、オッケー。彼が善意で愛称呼びを持ち出した場合は、機嫌を損ねる。

……うあー、わからん！　初手で混乱するとか、なにやってんの私。

この手の相手の言葉に素直に答えていいか悩む系の試練というと、前世で就職したての新人だった頃を思い出す。当時のお局様が「ねえ新人ちゃん。私、年いくつに見える？」と典型的地雷な質問をしてきたことがあった。世間知らずだった私は素直な感想として「四十歳くらいですか？」と言った。すると彼女は般若を思わせる笑顔で「三十九歳だけど？」と答えたのである……。

あの時は思ったままの素直な数字ではなく、サバ読みの三十五歳、なんなら三十歳くらいにしておくべきだった。そして私もアラフォーになった今なら分かる、たとえ一歳でも上に見られたくないよね。

いや、そんなことはどうでもよろしい。とりあえず今をどうするかだ。

不幸中の幸い、今生の体は前よりもハイスペックで思考がけっこう速い。こんなに下らないことをぐだぐだ考えても、全部でまだ三秒とかだ。

よし……結論。

分からんのなら聞くべし。だいたい今の私は対外的に七歳。完璧は求められていないだろう。

「本当にリウス様と呼んでいいのでしょうか。もし失礼でしたら教えて下さい。不勉強でごめんなさい」

これでどうよ。いたいけな女児（中身はアラフォーだけど）が素直にこう言って、意地悪を返してくるなら根性悪認定してやる。

するとティベリウスさんは柔らかく微笑んだ。

「本当にしっかりしている。リウスと呼んでくれていいよ。きみは魔法使い志望であって、行儀見習いや秘書候補ではないからね。今まで勉強の機会がなかったのも聞いている。あまり肩肘張らずに楽にしてくれ」

「はい……」

思ったよりいい人だった。根性悪呼ばわりしてすまなかった。何ならオクタヴィーさんより親切なくらいだ。

そのオクタヴィーさんは仏頂面で腕組みしている。なんでや。

「さて、ゼニスはまず一般教養を学ばないとね。家庭教師の手配は済んでいる。いつから勉強、始められそうかな？」

「すぐにでも大丈夫です。明日からでも、今日からでも！」

勢い込んで言ったのだが。

「ははは、今日からは無茶だね。旅の疲れもあるだろう。まずは屋敷を一通り案内させるから、この暮らしに慣れなさい。ああでも、熱意は買うよ。勉強は早めに始めよう。三日後でいいかい？」

「はい！」

勇み足を反省しながら、私は答えた。度重なる失敗が恥ずかしくて、顔が赤くなる。

「よろしい。ではそのように」

何やら話がもう終わりそうだったので、聞いてみる。

「あの、他の本家の方への挨拶はいいのでしょうか？　どなたがいらっしゃるのかも、よく知らなくて」

「フェリクス本家の直系で今、屋敷にいるのは俺とオクタヴィーだけだよ。父は地方荘園の見回り、母も同行。姉は嫁入り済み、それから弟は軍務で遠方に駐留中」

あらま。

「分家筋や食客は数人いるが、彼らには数日以内に顔を合わせればいいよ。その辺も案内させる」

「分かりました。ご配慮ありがとうございます」

「よし。じゃあオクタヴィー、案内をよろしく」

「え」

話を振られたオクタヴィーさんは、鼻にしわを寄せた。

「なぜ私が。使用人か奴隷で十分でしょう」

「だめだよ。ゼニスはお前の初弟子だろう、大事にしてやりなさい」

お？　そういえば、魔法使いの卵としてお世話になるのだから、彼女はお師匠様になるのか。なんかいい響きだなぁ、お師匠様。魔法使いの弟子になった気がする。

「よろしくお願いします、お師匠様！」

私が言うと、リウスさんは笑って、オクタヴィーさん改め・お師匠様はうんざりした顔でため息をついた。

お勉強な毎日

こうして、首都での生活が始まった。

一般教養の授業はお屋敷の一室、中庭を望む場所で行われた。

中庭に面する扉を開け放てば、外の光と風が入ってくる。ユピテルの建物は窓が小さいので、部屋の多くは中庭に面しているのである。

家庭教師は近隣国出身のおじいちゃんで、身分は奴隷だった。

え、先生が奴隷？　と思ったのだが、ユピテル共和国では学問の家庭教師は奴隷が多いらしい。

おじいちゃんの出身国、グリアという国は長い歴史のある国。百年以上前に最盛期を終え、ユピテルに戦争で負けて以来衰退している。グリアは学者の多い国だったので知的階級の人々が多く奴隷になり、ユピテルに連れてこられて貴族や裕福な市民の家庭教師をやっている。

知的労働とはいえ奴隷なので、教師はあまり尊敬される職業ではないようだ。私が前世の習慣で丁寧な態度で接したら、恐縮されてしまった。

どうにも『奴隷』というものに疑問があったので、最初の授業の時に私は聞いてみた。

「どうしてこんなにたくさんの奴隷がいるのでしょうか。お金を出して雇う使用人ではいけないのですか」

「ゼニス様は変わった考えをなさるのですなあ」

おじいちゃんは驚いている。

「奴隷がいるのは当たり前ですよ。働き手に全員、給金を出すなど無理な話です」

価値観が違いすぎてなかなか話が理解できなかったけど、こういうことらしい。

ユピテルは前世と違って文明がまだまだ未発展だ。だから工業機械や家電などは存在しない。そのため日々の生活から経済活動、土木工事などまで全てを人力でまかなう必要がある。

必要とされる労働力は莫大。安定して使える労働力として、奴隷の存在は必須だった。

もし今、奴隷がいなくなってしまえば、ユピテルの社会はたちまち崩壊するだろう。前世の社会で機械類をいっぺんになくすようなものだ。

社会構造の問題なので、倫理上で「奴隷制は間違っています」と言ってもどうにもならない。

おじいちゃん先生が言うには、奴隷制は最低限の生存を保証するものでもあるという。

例えば戦争が起きて、住む場所を焼け出された難民たち。前世のように保護する組織や仕組みもなく、放っておけばさらに略奪されて命を落とすか野垂れ死ぬだけ。

そこで奴隷として捕まれば、少なくとも殺されるのは免れる。仕事も行き先も選べず、買われた主人によってはつらい目に遭うが、死ぬよりはマシ。逆に買い主が善人であれば、まあまあの境遇で暮らしていける。

そして奴隷は自らの才覚でお金を稼げば、自分の身を買い戻すのも出来る。主人の厚意で解放される場合もある。自由を取り戻した奴隷は解放奴隷と呼ばれて、本人はユピテル市民権を取れないが、子の代になれば取得出来る、と。

「………」

私は内心でため息をついた。

前世のモラルに照らし合わせれば、奴隷制は絶対に間違っている。でも私にはどうしようもない。

地道に、情熱を持って奴隷解放運動を続ければ多少の成果は出るかもしれないが、そこまでする気力はない。私は革命家ではなく魔法使いになりたいのだ。

この世界はそういうものと割り切るしかなさそうだった。

「解放奴隷の数は、決して少なくありません。毎年相応の数の奴隷たちが、自由の身になっています。だから奴隷たちは、必ずしも将来を悲観しておりませんよ。

それに、奴隷の扱いも昔よりマシになっているのです。昔は奴隷は本当にモノ扱いでした。でも今は、徐々に奴隷を人間として見てくれる自由市民が増えております。あまりに非道な扱いは、奴隷であってもしてはいけないと」

おじいちゃんが言って、私は目を上げた。

そうか。不完全ながらも、そういう機運があるのか。

それに解放奴隷。一生が奴隷と決まったわけではなく、自由を得られる希望を忘れずにたくましく生きている。

今この国に生きている人たちの気持ちは、前世の倫理観で簡単に推し量れるものではない。決めつけるのは傲慢だろう。

けれど――いつかもっと技術が発展して省力化が実現すれば。奴隷も人間だという思想がもっと広まれば、奴隷が不要になって奴隷制がなくなる日もきっと来る。

まだまだ時間はかかるだろうが、その日が早く来るといい。そう思った。

「ゼニス様はお優しい方ですな。が、反抗する奴隷をしっかりしつけるのも主人の役目です。必要であれば、鞭打ちをためらってはいけませんぞ」

おじいちゃん的に鞭打ちは『あまりに非道な扱い』ではないらしい。

いやぁ……私が鞭を振り回すのは無理だわ。女王様じゃあるまいし。

私は苦笑いして、奴隷の話はそれで終わりになった。

次に、奴隷とユピテル社会の話をしたついでとばかりに、他の社会制度も教えてもらう。

まず学校と教育。ユピテルに公設の学校はない。貴族や裕福な家では幼少期は家庭教師に教わり、それ以降は各家庭の方針で私塾に通う。中流以下の平民であれば、町なかでやっている寺子屋みたいな私塾に行く。

ついでに言うと公営病院もない。もちろん健康保険もない。また、国会にあたる元老院議員は手弁当で、国家から給料は出ない。公務員の数は最低限。

軍事費は莫大だけどそれ以外の支出があんまりないので、ユピテルの財政状況は割と健全であるらしい。小さな政府ってやつかな。

そのような前置きを経て、私はおじいちゃん先生に基本の学問を教わり始めた。

最初は読み書き。テキストは子供向けの歴史書で、一石二鳥の勉強法である。古代風の国らしく国家黎明期は神様がいっぱい出てきたりして、ファンタジー好きとしてはなかなか面白い。

主神は天空の支配者にして雷神のユピテル。国名と首都名になっている、一番偉い神様だ。その他の有名どころの神様は、大貴族の祖先ということになっていた。我がフェリクス家門は幸運の神の末裔であるらしい。私のラッキーはこの神様のご利益だったりしてね。

歴史は最初期こそファンタジックだったが、その後は堅実に移っていった。別に神様が現実に降臨したりとか、そういうこともないようだ。転生を司る女神様とかおらんのかね。いなさそうだね。

読み書きはすぐ覚えた。ユピテル語は簡潔明瞭で、英語みたいなＳＶ構成。日本語よりよっぽど簡単だと思う。文字もアルファベットみたいな表音文字なので、覚えるのが少ないのもいい。

次は算術、これも問題なし。

アラビア数字とは形が違うが、ユピテルの数字もきちんとしている。ゼロの概念もちゃんとあって、この国が合理的な発展をしてきたのをうかがわせた。

歴史、割と面白かったのでするする覚えた。

中身はアラフォーだけどゼニスの体は七歳なので、脳みそが柔軟で物覚えがいい。とても助かる。

かなりのスピードで勉強が進んだので、おじいちゃんが驚いて「ゼニス様は天才ですな」などと言っていたが、そんなことはない。算術に関しては完全に前世知識だし、読み書きだって子供向けの丁寧な教え方だったから。あとはまあ、前世で一応は大学まで行って受験勉強の乗り越え方を覚えていたのが大きい。

あまり分不相応に天才だと思われても困るので、実家で予習していたことにした。おじいちゃんは納得してくれた。

家庭教師の授業はティトにも同席してもらった。彼女も同じように授業を受けて、四苦八苦していた。

分からない箇所が多いと言うので、授業が終わった後に彼女に教えたりした。おかげで復習になって良かったよ。

「ゼニスお嬢様は頭が良かったのですね。見直しました」

なんて言われた。うん、ティトの中では私はまだイカレポンチなんだろう。過去の迷惑を少しずつ清算するつもりである。

そんなわけで、おじいちゃん先生の見積もりよりずっと早く一般教養の勉強は終わった。

だいたい一ヶ月半ほどであった。

この間、オクタヴィー師匠は見事なまでにノータッチで、お屋敷で見かけたら挨拶するくらいしか接点がなかった。まあ別に意地悪されるわけでもないから、いいやと思うことにしたよ。

そして、ついにいよいよ、念願の魔法が学べる！


魔法学院は分類としては私塾になる。だから入学時期は一定ではなく自由で、私は新年が明けて早々に入学した。

魔法学院は首都の中でも中心部に近い場所に立つ、瀟洒《しょうしゃ》な建物だった。青と白で塗られた外観が、涼し気で知的な印象を与えている。

フェリクスのお屋敷と魔法学院は、徒歩で一時間弱というところ。道のりは比較的治安のいいエリアだが、念のためティトの他にフェリクスの大人の奴隷の人が護衛でついてきてくれることになった。

通学方法について、ティベリウスさんはこんなことを言った。

「輿《こし》を貸そうか？　ゼニスはまだ小さいから、歩くのは大変だろう」

首都の日中は馬車が禁止されている。そのため貴婦人の移動は輿で行うとのこと。

貴族であっても男性は徒歩が基本。輿はほぼ女性専用である。

輿ってあれだよ。日本のお神輿《みこし》みたいなやつ。板に棒を二本渡して、四人の人が担ぐの。で、貴婦人は板の上に乗る。ちゃんと屋根とかが作ってあってクッションを敷き詰めるので、乗り心地はなかなかいいのだそうだ。

「いえ、やめておきます」

「そうかい？　遠慮しなくていいんだよ」

ティベリウスさんには悪いけど、私はどうしてもお神輿のイメージが先に来る。

わっしょい！　わっしょい！　祭りだソイヤセイヤ！　みたいな。

毎日の通学でそんなことになったら、何ていうか、いたたまれなくて神経がもたない。

というわけで、無難に徒歩通学で決着がついた。

なおオクタヴィー師匠は専用の輿と四人の担ぐ奴隷を持っている。

「この奴隷たち、いいでしょ。全員を金髪で揃えたのよ」

などと自慢気に言っているのを、通りすがりに聞いた。口調がもう女王様だった。

人をモノ扱いするのは前世の感覚からすると受け入れがたいが、師匠が言うと妙に迫力があって納得してしまうから不思議である。

話が逸れてしまった。魔法学院の話に戻ると、一年次のクラスはこぢんまりとしていて、十人程度。普通は三年ほどで卒業になるらしい。

クラスメイトたちはだいたい十三歳から十七歳くらいの少年少女だった。七歳のゼニスから見ればずいぶん年上になる。

いじめられたら嫌だなあと思っていたが、そんなことはなかった。彼らからすると七歳はチビ過ぎるのだろう。むしろマスコット的に可愛がられた。もっとも、私の背景にフェリクス本家が構えているのも大きいと思う。大貴族の威光、強し。

さてさて、肝心の魔法について。

この世界の魔法は、『魔法語』という特殊な言葉を発音することで発動する。いわゆる呪文の詠唱である。

ユピテル語とも近隣の他の国の言葉ともまったく違う言語なので、まずはそれを学ぶ。

魔法語は発話の他に文字もあった。これまたユピテル語とは似ても似つかぬ謎の記号だ。しかも形が複雑で種類がやたらに多い。

学生のほとんどは魔法語の習得に苦労する。それだけ難解なのだ。

私もそれなりに苦戦した。ただこの魔法語、なんていうか、日本語含む漢字圏の言葉を思わせるところがあるんだ。特に文字の種類が膨大で、一つの文字も複数の読み方があったりするところとか、むしろ懐かしい。文法もなんだか主語を省いたり倒置法があったりして、前世の学生時代の古文を思い出していた。

そんなわけで、魔法語習得も他の人たちよりはだいぶ早かったよ。一番チビの私が一番最初に二年次クラスに進級したので、またしても周囲に驚かれてしまった。もっとも見た目はチビでも中身は最年長、下手すると先生より年上なわけだが……。

「私、ユピテル語の読み書きもこの前覚えたばっかりなんです。だから逆に、不思議な言葉でも変だと思わないで、素直に勉強できたのかもしれません」

とか何とか言って、周囲の驚きと賞賛から逃げたりしてみた。注目浴びるのは苦手なんだよー。

魔法語の習得と並行して、魔法についての基礎事項も教わった。

「魔法語は、ノルド地方でも北の方で発掘される遺跡に記されています」

ノルド地方は、ユピテルの北西にある大山脈の向こう側。ユピテルの領土ではなく、小さい部族が割拠している土地である。

基礎魔法学の先生の言葉に、学生たちはノートを取る。ノートは二枚の木板を紐でくくったもので、片面にロウが塗ってある。鉄筆で引っ掻くようにすれば、蝋の部分に字が書ける仕組みだ。内容を書き取ってきちんと覚えたら、蝋をヘラでならす。すると字が消えてなめらかになって、再利用できるというわけである。

ユピテルの紙はパピルス紙のようなのが普及しているが、お値段がそこそこする。なので節約のため、このような書板が一般的になっていた。

「遺跡の発見は、特にブリタニカ地方で頻繁になされてきました。そのためかの地では、魔法使いが多く輩出されています。ただしそれも一世代前までのことで、最近は新しい遺跡が見つかっていませんね。

よって、既知の魔法文字が現状で学べる全てです。仮に新しい遺跡が発見され、新しい文字が記されていれば魔法はさらに発展するでしょう」

ほーん。遺跡の文字というと、碑文みたいなものだろうか。解読が大変そうだ。

前世でも古代エジプトの文字などは、発見自体は古くからされていたけど、解読までかなり時間がかかった。

そこで私は質問をしてみた。

「先生、魔法文字の解読は誰がしたのですか？　遺跡を発掘した人ですか？」

「そうですね。ブリタニカ周辺では古来から魔法文化が根付いていました。発掘に携わったのも魔法使いたちで、彼らが解読しましたよ」

「でも、魔法文字は完全に未知の文字で言語ですよね。どうして発音まで分かったんでしょうか？」

前世の古代エジプト文字も、文章として解読は出来たものの発音の正確な再現は無理だったはず。

「えー、ごほん」

教師はわざとらしく咳払いをした。

「魔法文字があり、意味が解読され、伝わる通りに発音すれば魔法が発動する。すなわち正しいということでしょう」

いやいや、それじゃ答えになってないよ。結果的に正しいとしても、過程がすっ飛ばされている。謎が謎のままでいる。めちゃくちゃ気になる！

さらに質問しようとした私を遮るようにして、教師は言った。

「魔法の起源は、伝説では北部森林地帯の奥。今から約千年前に、聖なる境界線の土地で、精霊によって授けられたと言われています」

「境界線とは何ですか？」

今度は他の学生が質問した。

「不明です。そのように伝わっているだけです。ただし裏付けとして『境界線の土地』は遺跡の記述にしばしば登場します。魔法の観点から重要な土地であるのは、間違いないでしょう」

「魔法語の発音は、精霊が教えてくれたんでしょうか？」

私はすかさず質問を挟んだ。

「そう捉えるのが妥当かもしれませんね」

「精霊はどんな存在なのでしょうか」

「それは二年次の教師に聞いて下さい。『精霊』は魔法の呪文で極めて重要な使い方をする語句です。二年になってから学びましょう」

はぁ～？　先生が逃げ腰だ。そんなことってある？

私は頑張ってもう一つ質問をねじ込んだ。

「北部森林の奥とブリタニカ地方は、ちょっと距離が離れていますけど。なんでブリタニカに魔法遺跡が多いんですか？」

「分かりません」

おい、またかい！

思わずツッコミを入れそうになったところで、教師は続けた。

「ただまぁ、北部森林とブリタニカ地方の間は無法地帯です。たとえ遺跡があったとしても、発掘は難しいでしょうね。それともゼニスさんが予算を集めて発掘隊を作ってみますか？」

ちょっとばかり意地悪な物言いに、私はカチンと来た。

とはいえ、私はアラフォー女児である。この程度のムカつきは態度に出さない。

「はい、一人前の魔法使いになったら挑戦したいです。それで、精霊と魔法語の謎を解き明かすんです！」

胸を張って言ったら、なんか生ぬるい空気になった。

そっと周囲を見ると、学生たちは苦笑していたり微笑ましいような顔をしていたりする。生意気なお子ちゃまを優しく見守る感じだ。

私は急に恥ずかしくなった。魔法を学び始めたばかりの身なのに、偉そうに出しゃばってしまった。顔を赤くしながら、しおしおと席で小さくなる。

魔法語の謎はとっても気になる。ぜひ秘密を解き明かして、つまびらかにしたい。というか、絶対にする。

魔法語と精霊。境界線の土地。……こんな極上の謎をそのままに出来るか。

でも、今はまだ学びの入り口に立ったばかりだ。先生にツッコミ入れたってどうしようもない。もっと謙虚に、教わることはしっかりと教わって身につけよう。

じゃないと恥ずかしすぎる。注目浴びたくないです。はい。


と、いうようなことがあって、私は無事に一年次の課程を修了した。

生意気をやってしまったが、みんな生ぬるく受け入れてくれたので良しとしよう……。ううっ、恥ずかしい。

でもでも、二年次クラスは魔法の実践をするんだよ！

ここのところ地道な座学ばっかりしてたから、いい加減飽きてきたところだ。ここらでひとつ、派手に魔法をぶちかましてスカッとするのもいいではないか。

私は張り切って新しい教室に向かった。

故郷を出て半年足らず。季節は春から夏に移り変わろうとしていた。

水の魔法

「魔法は、魔法語の特定の言葉を特定の形式で発話することで発動するわ。今日は一番基本の水の魔法をやってみましょう」

二年次クラスの先生は、なんとオクタヴィー師匠であった。そういえば、彼女は研究職として魔法学院に在籍していると前にちらっと聞いたっけな。教師も兼ねていたのね。

同じ家に住んでいるのにあまり接点がなくて、弟子としてはちょっと寂しかったのだ。でもこれで、師匠から学べる！

私はうきうきして教壇の上の彼女を見つめた。その視線に気づいたかどうか、一瞬だけ目が合ったんだけど、なんか露骨にそらされた。なんでや。

『清らかなる水の精霊よ、その恵みを我が手に注ぎ給え』

師匠が呪文を唱える。歌うような朗々とした魔法語の発音だった。

最後の言葉《センテンス》が終わった途端、彼女の手のひらから水がほとばしった。見えない蛇口を捻ったように、何もない場所から唐突に水が流れ出る。

水流は七秒ほど流れ出た後、始まりと同じように前触れなく、ふっと止まって消えた。後にはこぼれ落ちた水が残るばかり……って、教室が水浸しになっちゃった？

と思ったが、よく見たら教壇に桶が置かれており、水はちゃんとそこに溜まっていた。あぁびっくりした。

学生たちが席を立ち、わいわいと桶の中の水を覗き込む。中には手を入れて触っている人もいた。皆、魔法を間近に見て興奮気味である。

私も年上のクラスメイトたちをかき分け、桶を見た。洗面器くらいの大きさで、半分少々が水で満たされている。うーん、これは前世で言えば五百ミリリットルのペットボトル容量くらいか？

水は透き通っていてきれいだった。試しに触ってみたら、ちょっとだけ冷たい。

「この水は問題なく飲めるわ。旅人や軍の行軍の際に重宝される魔法だから、必ず習得するように」

はい、はーいと返事が上がる。

ほほう、飲用できるのか。私は手のひらを桶に入れて、水をすくって飲んでみた。

「ためらいなく飲むわねえ」

師匠が呆れたように言った。

「飲めると言ったの、師匠でしょ。まずは自分で味わわないと！」

口に含んだ水を舌の上で転がしてみる。

んー？　あんまりおいしくない。無味無臭だ。水だって多少の味（風味？）がすると思うんだけど、本当に何の味もしないよ。

他の学生たちも釣られるように、代わる代わる水を口にしている。

ゲームに出てくるような派手な攻撃魔法に比べれば地味だけど、何とも不思議である。この水はどこからやって来たんだろう？　どこかの水源に時空を曲げてアクセスしたのだろうか？　それとも、空気中の酸素と二酸化炭素を化学分解させるとか？

「師匠！　質問です」

気になったら聞いてみるべし。私は手を挙げてオクタヴィー師匠を見た。彼女は一瞬だけ微妙に嫌そうな顔をしたが、それ以上は態度に出さず「何かしら」と言った。

「このお水、たまに一緒にお魚が出たりしませんか？」

水源アクセス説であれば、水の他に魚や水草なんぞが一緒に出てくる可能性もあるのでは？　そう思って聞いたのだが、師匠は首を振った。

「ないわ。少なくとも私は、そんな例を聞いたことがない」

ふむ。では、水源アクセス方式ではないのだろうか。それとも、アクセスはしているが『水』だけをきちんと選んでワープさせている？

「ねえ、どうしてそんな質問が出るんだい？」

横合いから話しかけられた。見れば隣に立っている男子学生が、ひそひそと小声で聞いてくる。

「どこかの水源から水を持って来るのなら、魚や水草が交じっているかもしれないと思って」

「へぇ……。そういう発想はなかったな」

感心されてしまった。聞き返してみる。

「では逆に、あなたはどうして水が出ると思います？」

「うーん、考えたこともなかった。山の湧き水のように、魔法の力で湧き出るものだと」

「湧き水も出てくる理由がありますよ。雨が降って山の地面に染み込む。それで地層を通るうちに濾過されて……」

「こら、そこ！　授業中に私語をしない！」

師匠に叱られた。二人で肩をすくめて、黙る。

「この水はどこから来るのですか」

別の学生が質問した。どうやら私たちのやり取りを聞いて、気になったらしい。ちらりとこちらを見て小さく笑顔を見せてくる。笑い返しておいた。

「不明よ。魔法は発動する方法こそ分かっているけれど、その背景はほとんど明かされていないの」

「水の精霊とは何ですか？」

一年次の時も気になっていた件だ。精霊は呪文で重要な語句になるとの話だったが……？

「精霊は魔法の力を司る存在とされているわ。水や風、火や大地といった自然の要素に宿り、呪文を唱えることで力を貸してくれる」

おぉ、ファンタジー！

この世界は魔法以外はあんまりファンタジーじゃないのだが、精霊はいるんだ。

ということは、北部森林で魔法を授けてくれたという精霊も、何かしらの要素を司るものなのだろうか。

私はもう一度質問してみる。

「精霊はどんな見た目ですか？　召喚したりできますか」

「精霊の姿は色々よ。後の授業で絵姿を見せるから、その時に確認しなさい。……召喚はできないわね。試している人はいるものの、まだ誰も成功していない」

一年次の教師より、オクタヴィー師匠はきちんと答えてくれる。私は嬉しくなった。

「となると、精霊はどっかその辺でたまたま出会わないと見られないってことですか？」

ブフッと噴き出す声がしたので、隣を見る。さっきの男子学生と目が合った。

「……何ですか」

「いや、『どっかその辺でたまたま出会う』ってすごい言い方だなと思って。普通、そんな発想出ないよ」

「え？　でも、精霊は自然の化身なんでしょう？　だったら、田舎の自然の中にいてもいいんじゃないかなと」

「あぁ、きみは地方出身だっけ。それにしても変わってる。そんなにほいほいと、神様や精霊に会えるわけがないさ」

「そうそう。そりゃあ稀に、旅人が不思議な存在に出会う話はあるけど、おとぎ話みたいなものだよ」

「古代の神官や巫女が神やニンフと出会う伝説はあるけどね。大昔の話だもの、どこまで本当か分からない」

他の学生たちも口を挟んできた。

そうなの？　いや、めったに会えないのはそうだろうけど。

ユピテルは多神教の国だが、日本の八百万の神々とはまた趣が違うみたいだ。その辺を歩いていて雑多な妖怪にエンカウントするのは、珍しい価値観なのかもしれない。

「あぁ、でも、精霊が魔法の根源なら、魔力の高い人は精霊が見えるのかしら？」

さらに別の女子学生が考えながら言っている。

クラスの学生たちはそれぞれに、あーでもない、こーでもないと意見の交換を始めた。

オクタヴィー師匠はため息をついて、まとめるように言う。

「そもそも精霊の姿をしっかりと見た人はいないわよ。絵姿も想像上のものね。見たと主張する人はいるけれど、私からすれば眉唾《まゆつば》ものね」

えええ？　精霊、きちんと確認できてないの？

クラスがざわついている。

なんか精霊の実在が怪しくなってきた。これ、重要な問題なのでは？

「じゃあなんで、呪文で精霊がどうのって言うんですか？」

「さあね？　仕組みは分からないけど、その言葉の組み合わせで魔法が発動するのは確かよ。そんなに気になるなら、自分で解明なさい」

えーっ。いきなりぶん投げられた。そりゃないんじゃないですか、師匠？

一年次の時も思ったが、ユピテルの魔法使いたちは結果至上主義が過ぎる。

魔法はどこからやって来たのか、魔力とはそもそも何なのか、そういう視点にとても欠けるのだ。

彼らにとって魔法は役立つ技術で、より効率的に運用するのが一番大事。その裏に隠された不可思議な謎にあまり興味がないみたい。納得いかないよ。

しかし師匠は私が不満を口に出す前に、両手をパンパンと打ち合わせて言った。

「質問の時間は終わり。まったく、ゼニスが余計な質問をするから収集がつかなくなったじゃない。さあ、次は各自で魔法を試してみるわよ。席に戻りなさい」

えぇー、私のせいなの!?

クラスメイトたちはがやがやしながらも席に戻った。私もとりあえず不満を引っ込めて、授業の進行に従うことにした。

着席して呪文を唱えてみようとして、ふと気づいた。

私の隣のクラスメイトが手を挙げて言う。

「先生、僕たちの分の桶はないんですか？　水がこぼれちゃいますが」

私と同じことを気にしていたようだ。

「ま、やってみなさい」

彼の言葉を、オクタヴィー師匠は鼻で笑った。

なんか釈然としないが、やってみるしかないか。周囲をうかがうと、クラスメイトたちは深呼吸したり指を曲げ伸ばししたりした後に呪文の詠唱を始めている。

『清らかなる水の精霊よ、その恵みを我が手に注ぎ給え』

『清らかなる水の精霊よ、その恵みを我が手に注ぎ給え』

たどたどしい魔法語が教室に何度も響いた。でもどういうわけか、誰の手からも水が出ない。

何かコツがあるのか？　なんやよう分からんが、これは単なる練習だ。とりあえずやってみようと思い、私も呪文を唱える。

ええと、魔力は血流に乗せて指から放出するんだったね。この場合は手のひらか。

それに水。あの水、もしかしたら純水というやつかもしれない。純度の高い水、H_2Oに限りなく近い水。水に味があるのはミネラルなんかが溶けているからで、H_2O自体は無味無臭だと前世の何かの本で読んだ記憶がある。

『――清らかなる水の精霊よ、その恵みを我が手に注ぎ給え』

ハンドパワーならぬ魔力を手のひらに集めて、水の分子構造を思い浮かべながら魔法語を口にした。

すっ……と、ほんの少しだけ、集めた魔力が引き出されるのを感じる。

次の瞬間、私の手のひらから勢いよく水が噴き出た。

「やった、成功!?」

思わず興奮して叫んだが、その高まった気持ちは長続きしなかった。

だばだばと流れ出る水は思いっきり机を濡らし、私の膝をびしょ濡れにして、あっという間に床に水たまりを作る。

「ひえぇぇ、どうしよう、水、止まって！　止まらない！」

焦って腕を振り上げたせいで、さらなる惨事を引き起こしてしまった。頭から水をかぶって悲鳴を上げる。

水が止まったのは六秒か七秒後、さっき師匠が実演して見せた時と同じくらいだった。

辺りはもうビショビショでえらいこっちゃである。

誰か気の利いた人が桶を差し出してくれればいいものを、みんなあっけにとられて眺めているばかりだった。

クラス中の視線を集めているのに気づいて、濡れネズミ状態の私はいたたまれない気持ちで縮こまる。うぅ、派手に水を撒き散らしてごめんなさい。でもこれ、私のせいじゃなくない？

「はぁ……。まったく面倒なことを。ゼニス、今日はもういいから帰りなさい」

オクタヴィー師匠がうんざりした表情で言った。

「えっ。で、でも、授業時間はまだありますけど」

「濡れたままで風邪でもひいたら、私の責任になるじゃない。さっさと帰ってお風呂に入るように」

魔法学院に子供サイズの着替えはないらしい。そりゃそうだ、子供がいるのを想定してないもん。

残りの授業は魔法発動の際の魔力操作やイメージについての講義だそうで、一発成功させた私には不要だからと教室を追い出された。

とぼとぼと使用人控室に行くと、濡れそぼった私を見てティトがびっくりして言った。

「ゼニスお嬢様！　また変なことやったんですか」

「違うよ、違わないけど、私のせいじゃないよ！」

「どっちですか」

などと埒のあかない会話をしつつ、急ぎ足で帰った。なお付添いはティトの他にフェリクスの奴隷がいたのだが、めちゃくちゃ呆れた顔をしていた。恥ずか死ねる。

魔法学院からフェリクスのお屋敷までは徒歩で一時間くらいかかる。今が夏で良かった。冬だったら確実に風邪引きコースである。

そういやあのびしょ濡れの教室の掃除は誰がやるんだろうか……。私がやるべきじゃないだろうか？

なんかもう、申し訳ないやら理不尽な気持ちやらになりながら、夏の風に吹かれたのであった。


フェリクスのお屋敷に帰った私は、お風呂に入ることにした。

ユピテル共和国はお風呂文化が根づいていて、庶民から貴族までお風呂好きである。

庶民は公衆浴場に行くけれど、大貴族のお屋敷ともなると立派なお風呂が備え付けられていた。

ただ、ユピテルの公衆浴場はただのお風呂ではなくて、スーパー銭湯ばりの娯楽施設かつ社交場らしいので、そのうち行ってみたいなと思っている。

お屋敷のお風呂は広い。大きな浴槽を満たすお湯は、ボイラー室で沸かされて素焼きの焼き物でできた配管を通り、注がれている。マーライオンみたいな変な動物の彫刻の口から、お湯がだばだばーっと吐き出されていた。

まず、風に吹かれてちょっと冷えてしまった体をお湯で温めた。といっても今は夏、長湯すると暑いので、さっさと上がる。

石鹸というものはない。垢すりは、なんかヘラみたいな変な道具でこすり取る。よく考えたら、石鹸がなければいまいちきれいにならない。でもゼニスとして生まれてこの方、この入浴方法に慣れ親しんできたので特に不満を感じない。

そういやトイレもちゃんと水洗ではあるんだが、二十一世紀の日本に比べたら、臭い・怖い・汚いと三拍子揃ってるわ。ある意味転生で良かった。転移だったら慣れるのに相当に時間がかかったと思う。トイレに行く度に泣くほど怖い目に遭うとか嫌すぎる。

さて、今回は軽く温まりたかっただけなので、垢すりはしない。垢すりは自分ひとりじゃできないから、ティトにやってもらうことになる。それも面倒くさいし。

さっくりと上がって新しい服に着替え、晩ごはんまでの時間を過ごした。

ユピテルの夏はなかなか暑くて、お風呂上がりにアイスが欲しくなる。かき氷でもいいな。そんなことを思いながら、井戸水に果汁を絞ったジュースを飲んだ。お屋敷はきちんと水道が通っているけれど、夏の水はぬるい。井戸水の方が冷たくて美味しいのである。

晩ごはんの時間になったので食堂に行くと、珍しくティベリウスさんとオクタヴィー師匠の二人が揃っていた。

師匠はともかくリウスさんはフェリクス家の当主代行として、忙しい日々を送っている。たいていはどこかの家に招かれて不在だったり、この家で宴席を催していたりする。

このお屋敷で宴席があっても、私はあんまり顔を出すことはない。時々呼ばれて挨拶するくらいだ。社交面はそんなに期待されていないらしい。コミュ障としては助かる。

余談だが、私の基礎学問があっという間に終わってしまったせいで仕事がなくなったおじいちゃん先生は、宴席の余興として古典詩や歴史書の暗誦《あんしょう》をやっているらしい。

何でも、教養ある奴隷がいるとその家に箔が付くんだそうだ。この前彼と久しぶりに顔を合わせた時、誇らしげな顔で嬉しそうに言っていた。

「ゼニス、聞いたよ。いきなり魔法を成功させたんだって？」

食卓につくと、リウスさんに笑顔で話しかけられた。

「はい。お水が手から出て、すごくびっくりしました」

びっくりどころか軽くパニクって、教室を水浸しにしてしまったよ。

「すごいね。魔法語を学んだだけでは、魔法は発動しないと聞いているが」

「そうよ。あの授業はまず、呪文を唱えるだけじゃあ魔法が発動しないと確かめるためだったのに、きみのおかげで台無しじゃない」

師匠の言い分、相変わらずひでぇ。さすがに抗議しようと口を開きかけたところで、彼女が重ねて言った。

「で、ちゃんとお風呂に入った？　いくら夏でも体を冷やしてはだめよ。風邪をひかないようにしなさい」

ぶっきらぼうな口調だったが妙に真剣に心配する気配があって、私は首をかしげた。

「はい、お風呂であったまりました。大丈夫です」

「そう、それならいいわ」

目をそらして呟くように言われた。

そんな師匠を見たリウスさんが、少し困ったような笑みを浮かべる。

「こんな調子ですまないね。オクタヴィーは子供が苦手なんだ」

「それは前に聞きました。何か嫌なことでもあったんですか？」

思い切って聞いてみる。子供が苦手なのは知っているが、それにしても私、避けられすぎじゃないだろうか。別にうるさく騒いだりイタズラをしたわけでもない。ちょっと不可解に思っていたのだ。

リウスさんは師匠を見た。すると師匠は「いいわよ、隠すことでもないし」と肩をすくめる。

「俺たちには末の妹がいてね。小さい頃に病気で亡くなった。ちょうど今のゼニスくらいの年頃だったよ」

「え……」

予想していなかった話に、言葉が詰まる。

「オクタヴィーとは年が近くて、仲の良い姉妹だった。亡くなってショックが大きかったんだ。それ以来、子供が苦手になってしまった」

「それは違うわね。私はあの子が嫌いだったわ。しょっちゅう具合を悪くして、その度にうるさく泣いてわがままばかり。何度振り回されたか分からない」

言葉だけを取ったらひどい言い方だと思う。けれどそれは昔を懐かしんでいるというか。あるいは、後悔を滲ませているというか。亡くなったという妹への思いが透けて見えるような、静かな口調だった。

だから師匠は、風邪をひくなとあんなに言っていたのか。私と病弱だった妹さんを重ねて。

少しの間、沈黙が落ちる。やがて師匠は我に返ったように、いつもの偉そうな態度に戻った。

「昔の話よ、気にしないで。たとえ貴族でも、小さい子供がよく死ぬのは当たり前だもの」

当たり前なのか……。

そういえば、と私は思い出す。故郷の村でも、幼い子供のお葬式はよく出されていた。生後一年に満たない赤ん坊であれば、お葬式もごく簡素。家族だけで済ませて他人は気づかないことすらあった。

この古代文明では、きっと乳幼児死亡率が相当に高いのだろう。フェリクス本家のように恵まれた環境でさえそうならば、平民や貧しい人々は推して知るべし。

私が表情を曇らせていたら、師匠は話題を変えた。

「それよりゼニス、今日の水の魔法だけど。まだ何も教わっていないくせに、どうやって成功させたの？」

いつまでも落ち込んでいても仕方ない。私も気分を切り替えて答えた。

「ええと、まず魔力を手に集めました。去年、師匠が最初に魔力石の使い方を教えてくれた時みたいに、です」

「なるほど、そういえばあの時に魔力の流し方を教えたわね。ごく簡単にしか言わなかったのに、よく覚えていたわねぇ。それから？」

「それから水の……」

たぶん純水だろうと当たりをつけて、水の分子をイメージした。水素が二個に酸素が一個の、前世ではおなじみのあの形だ。

……とは言えないので、無難に言い換える。

「水をなるべく明確にイメージしました。そしたら魔力がちょっと引き出されて、お水が出たんです」

「明確に、とは、どんなふうに？」

「え？　えーと、水の……何ていうか。本質みたいなものを？」

それ以上突っ込まれると思っていなかったので、しどろもどろになりながら答える。

オクタヴィー師匠は目を細め、次いでため息をついた。

「そう、本質ね。魔力を手に集めるやり方と、魔法で生み出すものの本質を強くイメージするのが、魔法発動のコツなのよ。二年次クラスはそれを学ぶためにある。ゼニス、きみ、もう三年次クラスに進んでいいわよ」

ええーっ。今日が二年次クラスの初日だったのに？　飛び級にも程があるんじゃない？

「魔力を手に集めるのだって、普通はできるようになるまで何ヶ月もかかるの。去年のあの時は、まぐれかと思ったけど……。本当に才能があるのね」

オクタヴィー師匠はちょっと拗ねたような顔である。そういう表情をすると、意外に子供っぽい。いつも仏頂面だったからね！

師匠なんて呼んでいるけど、彼女はまだ十八歳。アラフォーから見れば下手すると娘世代である。

そう考えたら急にかわいく見えてきた。

あと才能に関しては、どっちかというと妄想力の才能じゃないかな。もしくはオタク力。

だって『血の流れに魔力を乗せて』とか、チャクラとか体内経路とか丹田とか、霊力や気や小宇宙《コスモ》でもいいけど、とにかくそんな系列でしょ。それ系の妄想はばっちりだからね。

むしろ前世でもやってたし、イカレポンチ幼女だった時は、本気でかめ○め波を撃とうとして訓練してたぞ。主な被害者はティトとアレクである。ごめんなさい。

師匠は口を尖らせたまま続けた。

「どうする？　もう進級していいと思うけど？　魔力操作とイメージさえできれば、呪文なんて書物で学ぶだけでいいし」

「そういうものですか？」

「そうよ」

じゃあいいのか……？　なんかちょっと不安だが、さらに先に進めるのは願ったり叶ったりだ。

「では、思い切ってそうします。分からないところがあったら、教えて下さいね」

「嫌よ。三年次に進級したら、三年の教師に聞きなさい」

ええー！　めちゃくちゃ自然な感じで断られた。

というか師匠、私が二年次クラスにいたら面倒みないといけないから、めんどくさくて進級を勧めたんじゃないだろうな？

「こら、オクタヴィー。弟子の世話はちゃんとするようにと言っただろう」

リウスさんがたしなめてくれる。

「でも兄様……」

「ゼニスがあの子と――妹と違うというのは、もうお前も分かったはずだ。必要以上に避けないで、きちんと責任を果たしなさい」

「……はい」

ややしばらくの間をあけて、師匠は不承不承、うなずいた。

私も二年次クラスを一日しか出席しないとか（しかも途中退出）いろいろ不安なので、師匠が師匠してくれるならとても助かる。

「今度こそよろしくお願いします、師匠！」

私の言葉に、彼女はいつもの渋い顔をして、でもそれ以上は嫌と言わずにいたのだった。

三年次の課題

あっという間に二年次クラスを飛び級してしまったので、三年次クラスに進むことになった。

その辺の手続きはオクタヴィー師匠がさくっとやってくれた。魔法学院は要は私塾なので、その辺はテキトー……いや、柔軟なのである。

ただ、魔力操作とイメージについては十分だけれど、基本的な呪文の暗記は必要だった。というわけで、一ヶ月ほど図書室通いをすることになった。オール自習だ。おかげで図書室の管理人さんとちょっと仲良くなったよ。

書物で各種の呪文を覚えて、その魔法で起こす現象の本質なるものをイメージする。イメージするものは各人で微妙に違うようで、例えば水ならば、山奥の清流を思い浮かべる人もいれば、深い井戸水を想起する人もいる。結果として魔法が発動すればいいのだそうだ。

私の場合は知っている限りの科学知識を織り込むことにした。

水は分子。

風は気圧差。あと、ビル風なんかは風の通り道が建物で遮られ、避けて通ることで結果、風が集中して突風になるよね。

火は熱、熱運動エネルギー。燃焼に限って言うなら、熱と酸素と可燃物。

土。石つぶてを射出したり土壁を出したり、地面を掘り起こしたりする魔法があって、これには苦労した。結局科学を織り込むのはほとんどできず、妄想力頼みになってしまった。

前世の職業はプログラマで、大学は文系だった。理系だったらもっとばっちり知識を入れられたんだろうなあと思いながら、なけなしの記憶を必死に思い出してみたよ。

でも、前世の科学だって全てを明らかにしたわけじゃない。そういう意味では、ふんわりした文系のイメージも捨てたものじゃないと思う。だいたい、古代水準のユピテルの人々だって魔法を使いこなしてるんだ。科学知識で足りないところは、妄想力全開で補ってやるぜ！　くらいでいいのかもしれない。

オクタヴィー師匠も最近は態度を軟化させて、私を変に避けなくなった。積極的に仲良くしてくれるわけではないが、だいぶ進歩だ。

おかげで独学だけじゃ分からない点もちゃんと教えてもらっている。

魔法の実践は魔法学院やフェリクスのお屋敷のお庭で。火とかものによっては危ないので、師匠とティトの立ち会いのもとにやっている。


余談だけど、ユピテルの書物はパピルスみたいな繊維の長い植物を薄く切って縦横に張り合わせた紙で出来ている。羊皮紙もあるにはあるけど高価で、たくさん紙を使う書物にはまず使われていない。そして、前世のような和紙や植物パルプ由来紙は存在していない。

書物の一番の特徴は、冊子じゃなくて巻物形式という点。

この書物読みたいなーと思ったら広いテーブルに持ってきて、くるくる広げて読むの。

最初は面白がってやってたけど、もう不便でしょうがない。

途中まで読んで、しばらく前の内容を見返したいと思ったら、またくるくるやらないといけない。

別の書物の一部だけ読みたい時もくるくる、くるくる……。めんどくさいわ！

あまりにめんどくさかったので、ページごとに切り分けて冊子として綴じたらどうかと師匠に言ってみた。

すると答えはこうだった。

「嫌よ。だいたい、巻物を手繰《たぐ》る仕草がかっこいいのよ。冊子とやらにしてしまったら、重厚さが薄れるじゃない」

かっこいいからが理由なのかい！

まあ、図書室の書物を作り変える権限は師匠にはないと思うけどさ。あと確かに、巻物《スクロール》を開く仕草は魔法使いらしくてかっこいいと思うけどさ。でも、知識の蓄積と伝播《でんぱ》が目的の書物なんだから、見やすさ重視でやってほしい。いつか私が偉くなったら、冊子にしてやると誓ったよ。


そんなわけで、一部苦労はしたものの、おおむね順調に基本呪文の習得も終わった。

書物を読んでいると面白くてあちこち寄り道したせいもあり（つまりそれだけくるくるした）、一ヶ月少々かかってしまった。そろそろ夏も後半だ。

去年の初冬に実家を出て首都ユピテルに来てから、もう八ヶ月くらいか。

一般教養の勉強に一ヶ月半程度。魔法学院の一年次クラスで魔法語を学んだのが五ヶ月くらい。で、今回の呪文習得で一ヶ月。

毎日頭に色んなことを詰め込んで、あっという間だったなぁ。

ユピテルの暦は前世とあまり変わらない。一年が十二月で、一月は三十日もしくは三十一日。四年に一度のうるう年もある。太陽暦だね。

ちなみに昔は、月の満ち欠けに重きを置いた太陰暦だったそうな。

うるう日の設定もなく、十二の月は年によってどんどんずれていった。そのため冬の月のお祭りを真夏に開催したりと、めちゃくちゃなことになった。「さすがにこれはないわー」と当時の執政官が暦の改定に乗り出したのである。

ユピテルは古代っぽい文明だけど、太陽暦やうるう年をきちんと把握したりと技術力が高い。暦の正確さはすなわち、農業の発展に直結する。農業を学問として捉える機運も高まっていて、魔法学院の書庫にも農業関連の著作がいくつかあった。

少なくとも農業分野で知識チートは無理である。ていうか私の農業知識なんて皆無だった。

あ、そうそう、暦の話のついでに。

私は八歳になったよ。前世と合わせてちょうど四十歳だ。

ユピテルでは個人の誕生日を祝う習慣は薄いけど、当日はティトが特別にクッキーを焼いてくれた。実家のレシピで、素朴で硬いやつ。蜂蜜をもらってチマチマと垂らしながら、二人でバリボリ音を立てて食べた。おいしくて懐かしくて、その日はちょっとホームシックになってしまったよ。

実家とは月イチくらいで手紙のやり取りをしている。

向こうはブドウの繁農期に入ったみたい。アレクはリスの生首を加工してもらって、頭蓋骨に紐を通して首にさげているんだそうだ。どんな蛮族だよ。

冬になってブドウ収穫とワイン造りが一段落した頃、一度里帰りしたいな。初歩の魔法は使えるようになったから、お披露目して驚かせてあげよう。

さて、明日から正式に三年次クラスに進級になる。

ここまでは駆け足だったけど、次はどんなことをするのだろうか。楽しみだね。

もう通い慣れた魔法学院への道を歩き、ちょっぴり緊張しながら三年次クラスの教室に入ると、

……誰もいなかった。

えええ、なんで？　私、教室間違った？

それとも時間を間違っただろうか？

ユピテル共和国では、かなり正確な水時計が存在する。日時計も相当な精密さで、季節ごとの日照時間を考慮した目盛りがきちんと設定されている。

ただしそこまできっちり時間を見て動く人は少ない。大体の人は太陽を見上げて、今何時くらいと見当をつけるのだ。夜であれば星と星座が時計代わりになる。

だからユピテルの時間感覚は割とアバウトなのだけれど、それにしたって無人はないよ。

しばらく誰もいない教室で寂しく待機してみた。三十分くらい待ったけどやっぱり誰も来ない。

（付け加えておくが、「三十分」はあくまで私の感覚ないし脳内翻訳。ユピテルの時間の単位もあるが、分かりにくいので前世単位に換算している）

仕方ないのでオクタヴィー師匠の研究室を訪ねた。魔法学院は教育機関というより研究所の意味合いが濃いので、職員室などはない。教員はみんな研究職との兼任だったりする。

幸い、師匠は部屋にいた。

「教室に誰もいない？　そうでしょうね。三年次は講義がほとんどないもの」

えぇー!?　聞いてないよ。

何でも、三年になると講義ではなく自主研究が課題になるんだそうだ。

曰く、何でもいいので魔法に関する論文を一本書いて、担当教員から合格をもらえば晴れて卒業となるとのこと。ふむ、大学の卒業論文みたいなものか。

「そういうことなら、ちゃんと前もって教えて下さい」

私のしごく真っ当な抗議に、師匠は涼しい顔で答えた。

「あら、言ってなかったかしら。ま、今伝えたから問題ないわね」

なお担当教員は当然と言うか何というか、師匠であった。だからそういうのは先に言えと以下略。ていうかこの前、三年になったら三年の教師に聞けとか言ってたよね。あれは何だったんだ。師匠特有のツンデレなのか？

しかし、ここで喧嘩しても仕方ない。気を取り直そう。

「どんなテーマで取り組めばいいでしょうか」

「魔法に関連があれば何でもいいわよ。オーソドックスなところだと、新魔法の開発や既存の魔法の新しい活用法などがあるわね」

ほほう。

確かに、魔法の呪文はある種の定型文である。一定の形式に則って、発動させたい効果をうまいこと魔法語で織り込めば、自分だけの魔法も作れるのだろう。うわ、わくわくする！

「新魔法は、今までどんなものが開発されてきたんですか？」

「図書室で資料を読みなさい……と言いたいところだけど、まあいいわ。今までで一番印象に残っているのは、お尻から水を出す魔法ね」

はい？

今なんて言った？　お尻？　ただし魔法は尻から出るってやつ？

それ、単にお腹を下しているだけじゃなくて？

「どういうことですか……？」

「そのままよ。通常は手から出す水を、お尻から出すの。呪文も『手』の部分を『尻』に変えただけね」

「はあー？　それ、合格出たんですか？」

「もちろん。発想の勝利よ。でももう、真似しても遅いわ。基本魔法の発動部位を変えるだけでは、新魔法と認められないよう規則が変わったから」

真似しないよ！

しかしよりによってなんでお尻なのよ。もっとこう、他に足とか頭とかヘソとかあったんじゃない？　……うーん、手以外だとどこでもただの大道芸にしか思えない。

「あとは、そうね。小石を粉々に砕く魔法」

「お？」

「発案者はきみと同じような農家の出身でね。畑を耕す際、小石が邪魔だから処理するために考えたの」

おお、いいじゃないか。石ころ処理はいい土作りに必須だからね。

「でも、小石に指で触れないと魔法が発動しないから、結局、小石を選り分ける手間は変わらなかったわ」

師匠はなんでさっきから、参考にならなさそうな例ばかり出すの？　わざとなの？

だめじゃん!!

「実用的なところだと、インクを乾かす魔法。これは今ではすっかり普及しているわ。温風を発生させて、書いたばかりの文字を乾かすの」

地味だな！　あれ、でも待てよ。

「温風を発生させられるなら、応用も利きそうですね」

「サウナとか？」

「それもいいけど、洗った髪を乾かすのに便利そうじゃありません？」

ドライヤーの魔法である。ユピテルの成人女性は髪を長く伸ばすので、需要はありそうだ。

「あら、いいわね。ただ風が弱いのが難点ねえ。呪文の改良で何とかなればいいけど」

「呪文の改良と適切なイメージで実現できますよ、きっと」

「そうね、じゃあ私が取り組んでみるわ」

あれ？　なんかおかしな流れになったので、確かめてみる。

「師匠、今のアイディア、私の卒業課題に使えませんか？」

「だめよ。私がやるんだから」

「え、ひどい、横暴！」

「あのねえ、ゼニス」

師匠はにっこりと笑った。うさんくさいくらい愛想のいい笑顔だった。

「本家は分家に助力するわ。でもそれは一方的に施しをするのではなく、分家もまた本家に尽くすものなの。相互扶助が大事なのよ。私はきみを教え導く。きみは私に尊敬の念を忘れず、礼を尽くす。そうでしょ？」

「え、え、でも……」

「そういうものなのよ。まあ、この調子ならすぐに課題のテーマも見つかりそうね。頑張って頂戴な」

強引に背を押されて研究室を追い出された。

えええ。納得いかねえ。

いやでも、最近の師匠はちゃんと教えてくれるし、そもそも本家に大変お世話になっているのは事実だ。文句を言える立場ではない。

でもさあ、八歳の子供のアイディアを横から掻っ攫うか、ふつう？　そりゃあ中身は四十歳だけど、四十歳だけど！

しょんぼりしながら学院の廊下を歩く。

けれどよくよく考えたら、師匠にもフェリクス本家にもお礼らしいことは何もしてなかった。実家からワインの大瓶が送られてきたけれど、私自身としては本気で何もない。

ドライヤー魔法のアイディアもぱっと思いついただけで、労力は発生していない。いつまでも落ち込んでいても仕方ない、さっきのは授業料だと思って献上しよう。

著作権だの特許だのの制度も思想もユピテルにはないようだ。だったら自分のアイディアは自分で守らなきゃ。そういう意味でも授業料かもね。

卒業課題はもっとすごいのをやり遂げて、見返してやる！

そう決意して見上げた窓の空はどこまでも青く高くて、秋の訪れを予感させていた。

異国の小さな王子様

卒業課題に取り組み始めてから、早数日。なかなか苦戦中である。

小さいアイディアはいくつも思いつくのだ。電波で物を振動させて温める電子レンジの魔法とか、溜めておいた水に渦巻きを起こす洗濯機の魔法とか。……なんか家電系ばっかりだね。

でも、せっかく異世界で魔法使いになるのだから、もっとこう、かっこよくてこれぞ魔法！ みたいのをやってみたい。

ただ、派手な攻撃魔法はちょっとどうかと思っている。前世のゲームを参考にすれば、すごい効果の攻撃魔法はたくさん思い浮かぶ。広範囲で爆発を起こすとか、特大の雷を落とすとか、何なら隕石を降らせるとかね。

けれど卒業課題で作った魔法は公開されるので、それがいずれ軍事転用されて戦争で使われるようになったら、嫌だ。私の考えた技術で人が殺されるなんて、とても耐えられそうにない。

攻撃魔法ではなく、しかも魔法らしい浪漫が詰まったもの。新魔法でもいいが、考察や研究でもいい。

まだこれぞというものを見つけられていない。

まあ、まだ三年次は始まったばかりだ。じっくりやってみよう。

それに、もし新魔法を作るのであれば、人の役に立つものにしたい。

そのためには社会をきちんと知っておかなければならない。

首都に出てきてけっこう経つが、毎日お屋敷と魔法学院を往復するばかりであまり出歩いていないのだ。

首都の治安は場所によってばらつきがあり、フェリクスのお屋敷がある高台は一人で歩いても問題ないほどに治安が良い。でも、それ以外の場所は年齢一桁女子が単独で出かけるのは難しい。ティトが一緒でも、彼女もまだまだ少女に過ぎないし。

そんなわけであんまり外に出られていなかった。

けれどそろそろ、もっと外を見てみたい。また本家に手間を取らせてしまって申し訳ないが、大人、できれば男の人を誰か付添いに頼んでみよう。使用人でも奴隷の人でもどっちでもいいと思う。おじいちゃん先生は……足がよぼよぼしてるから、どうかな。

そんなことを考えながら中庭で基本魔法の練習をしていると、オクタヴィー師匠が通りかかった。

「あら、ゼニス。いいところにいたわ。私の部屋まで付き合いなさい」

「はい」

呼ばれて彼女の部屋まで行く。そういや私室に入れてもらうのは初めてだった。

師匠の部屋は壁に緑を基調とした布を垂らして、なかなかセンスのいい雰囲気である。石造りの壁だとそっけないし、冬は冷気が来ちゃうしで布をかけるのはよさそうだ。私もやってみたい。布はどこで買えるんだろう？

「これ、この前の髪を乾かす魔法の代金よ」

師匠は小さい袋をくれた。中を見てみると、金貨が何枚も入っている。先の戦争で活躍した執政官の横顔が彫られたやつだ。

おおお、金貨！　初めて見た！　今まであまりお金に触る機会がなくて、せいぜい銅貨止まりだったから。

前世のコインほど完全な円形ではなく、ちょっと歪んでいる。ずっしり重くて金貨！　という感じがした。

「いいんですか⁉」

私が興奮気味に言うと、師匠は肩をすくめた。

「アイディアをもらったもの、タダというわけにはいかないでしょ。それに卒業課題に取り組むには、多少のお金があった方がいいわ。それを使って、必要なものを買いなさい」

なんと、トンビが油揚げをさらうみたいにアイディアを取り上げられたと思っていたが、師匠はきちんと考えていてくれたようだ。むしろお金を渡すためにこういうことをしたのでは？

うん、ごめんなさい。私はほんとに、こういうとこが駄目だ。一人で変な方向に思いこんでしまう。

「それと、きみにもう一つ仕事を頼むことになったから。その手間賃を兼ねてね。……ああ、もし足りなかったらちゃんと言うのよ。フェリクスに連なる者がお金に不自由していたら、みっともないもの」

「いえ、十分です」

私は金貨を握りしめて言った。これ、けっこう高額だと思う。日本円に換算すると、物価が違うから一概に言えないけど、十万円以上にはなりそうだ。子供の小遣いの額ではない。

ずっとままならない子供の立場でやってきたから、きちんと認められて対価がもらえるのはとても嬉しい。

……と、金貨に興奮して仕事とやらを聞き流すところだった。

「仕事というのは、何をやれば？」

すると師匠は腕組みをして、目をそらした。

「子守りよ」

突然だが、ユピテル共和国のある制度・慣習を説明したい。

ユピテル共和国はこの周辺一帯でダントツ一番の大国である。最初は半島の片隅の小都市国家に過ぎなかったが、その後めきめきと力をつけて周辺諸国を呑み込んで成長していった。

成長の秘訣は軍用道路に代表されるインフラ整備や、統率の取れた集団戦の徹底などがあるが、重要な施策として併合地域のユピテル化も外せない。

戦争で勝利してその土地を占領すると、ユピテルはまず元々の統治制度をある程度残して、支配下に置く。例えばその土地を支配していた豪族などがいれば、彼らの中から親ユピテルの者を選んで代表とする。そうすることで占領後の混乱や反発を最低限に抑えるのだ。

そして、その豪族の若年の子弟を首都ユピテルに留学させる。

留学といえば聞こえがいいが、人質も兼ねている。親がユピテルに歯向かったら、人質の命はない。でも留学の側面があるのも本当で、親たちが大人しくしていれば子弟は丁重に扱われ、ユピテル式の教育を施される。

子弟たちは主だったユピテル貴族の家に、ホームステイする形で預けられる。

ユピテルは大国だけあって、文化レベルも生活水準も他の国よりかなり高い。だいたいの子弟は祖国にいる頃よりいい暮らしをする。

同じくらいの年頃のユピテル貴族の子と友だちになり、一緒に家庭教師の下で学んで過ごす。同じ屋根の下で長く暮せば、ただの友人よりも兄弟に近い絆が生まれるだろう。

結果、子供やごく若い年齢の子弟たちは、すっかりユピテルシンパになって帰郷をする。その頃には占領地も落ち着いているので、ユピテル方式の統治法を導入して完全にユピテル化するというわけだ。

同時に占領地を植民地として、庶民たちは積極的に進出する。現地の住民と結婚が奨励されているので、結ばれて子供を作れば、生まれた子供はユピテル市民権を得る。

これをえげつないと取るか、優れた融和政策と取るかは人によるだろうが、効果的なのは実証済みだ。

実際、留学した子弟のさらに子世代になると、自分たちを完全にユピテル市民、ユピテル貴族だと考えている人が多い。

広い領土でありながら国家としてまとまりを持っている理由は、このやり方も一つの重要な柱なのである。


説明が長くなってしまった。

そのようなわけで今、私はティベリウスさんの執務室にいる。目の前には小さな男の子と、いかめしい顔の男性。

東の国境近くからやって来た、ランティブロス王子と世話役のヨハネさんだ。

小さな王子様はユピテルの東に位置するエルシャダイ王国の第三王子。この国はユピテルの属国だ。名目上は独立国の体裁を保っているが、事実上の占領地である。

王子様は例の留学制度によって首都に送られてきた。兄が二人いて、長兄の第一王子はすでに成人済み、祖国で父王の補佐をしている。第二王子はやはり留学中で、他の大貴族の家に預けられているそうだ。

それで今回、第三王子のこの子がフェリクスの預かりとなった。

「当家では、ちょうどいい年頃の直系の子が今はいなくてね。分家筋から預かっているゼニスが、一番近い年になる。学友として、また年上のユピテル貴族の子としてランティブロス王子のよき友となってくれ」

　リウスさんが言う。

　王子様はくるくる巻き毛の濃いめの金の髪に、金色に見える明るい茶の目。年齢は私の三歳年下の五歳とのこと。弟のアレクと同じ年だ。

　でもこの子はやせっぽっちで小さくて、私の記憶にある四歳のアレクよりむしろ幼く見えた。長い旅の後に知らない場所に連れてこられたせいか、おどおどと周囲を見回していた。

「ゼニス殿。よろしくお願いいたします」

　ヨハネさんが口を開いた。あまり愛想がいいとは言えない低い声だった。

「は、はい、こちらこそ。よろしくお願いします。ランティぶりょす殿下」

　噛んだ!!　めっちゃ噛んだー！

　だって、私だって急な話で驚いたし緊張してたんだよ！　本物の王子様なんて初めて見たもん！

　それにこの子の名前、ユピテルじゃあんまりないタイプの発音だし！

「すみません、失礼を！　どうかお許しください」

　立場上はユピテルの大貴族のほうが強いのかもしれないが、あくまで私は分家の生まれ。初対面でやらかした失礼はちゃんと謝らなければ。

　目を上げると、ヨハネさんは不機嫌な顔をしていた。当たり前だ、いきなり主君の名前を噛まれたんだもの。

　けど、当の王子様はきょとんと目を丸くした後に、くすくすと笑った。

「だいじょぶです。怒ってません。僕の名前、むずかしいですか？」

「えっと、そうですね、ちょっと長いですね……」

焦るあまりまたぶっちゃけてしまった。変な汗が出る。

「じゃあ、ラスって呼んでください。母さまはそう呼んでいました」

「え……はい」

はにかむように笑うラス殿下は、とてもかわいらしい。つい「はい」と返事をした後にヨハネさんを見ると、めちゃくちゃ苦い顔をしていた。怖いんですけど。

でも面と向かって反対されることもなく、今後はラス殿下と呼ぶことになってしまった。

リウスさんが笑顔で続ける。

「うん、仲良くやれそうで安心した。やはり子供は子供同士、通じるものがあるんだね。ゼニス、殿下をくれぐれもよろしく頼むよ」

「はい……」

実質上の当主のティベリウスさんにそう言われたら、私に拒否権はない。

私をこの部屋に連れてきた師匠を見ると、あからさまにあさっての方向を見ていた。あんまり助力は望めそうにない。おのれ。

こうして私は、ランティブロス王子の『ご学友』に任命されたのだった。

お屋敷での生活に、ラス王子とヨハネさんが加わった。

私は学友ということだったが、特別に何かをするわけでもない。

五歳児向けのかんたんな勉強は、私の時と同じようにおじいちゃん先生が教えている。たまに授業に同席することもあるが、別に私が教えるわけでもないし。まあ、遊び友だちくらいの感覚か。

ラスことランティブロス王子の祖国、エルシャダイ王国はちょっと特殊な国だ。

ユピテル共和国の東の国境に位置するこの国は、規模としてはそんなに大きくない。

東の大国、アルシャク朝とユピテルの間に挟まれた小国という位置取りである。

エルシャダイがユピテルに併合されず、名目だけでも独立を保っているのは、アルシャクとの緩衝地帯の意味合いが一つ。

もう一つは、宗教事情である。

自然崇拝から発展した多神教がほとんどを占めるこの世界において、エルシャダイは一神教なのだ。

おじいちゃん先生から習った歴史と地理、その後に自分でいろいろ書物を読んだりして得た知識に照らし合わせると、一神教の国はエルシャダイ以外に存在していない。

エルシャダイの民はおしなべて信仰に篤く、結束が固い。独自の価値観を持ち、排他的な傾向もある。

この国をユピテルが完全に併合しないのは、これらの事情が絡み合って、エルシャダイ人の王を立てた方が統治が上手くいくと判断したからだ。力ずくで組み入れれば頑固な抵抗にあうだろう、それならば親ユピテルの現地人を王座に就けた方がよい、と。そういう判断を元老院がしたと、ティベリウスさんが教えてくれた。

現エルシャダイ国王でラス王子の父である人は、もちろん元老院の意をくんだ親ユピテル派だ。ラス王子の二人の兄もユピテルに留学経験があって、他の占領地の子弟と同じくユピテル式の教育を受けている。今のところ、王政は安定していて政情不安などは存在しない。だからラス王子の身に危険が及ぶようなことはない。

そういった話をリウスさんから聞かされ、私は安心していたのだが。

それとは別に、いくつか問題があった。


「天におられます我らが主よ、今日もまた、日々の糧をあたえたもうことに感謝します……」

夕方の食堂にかわいらしい声で祈りの言葉が響く。

ラス王子とヨハネさんはそろって両手を胸の前に組んで、食前の祈りを捧げていた。

同席した私はお祈りはしないけれど、終わるまで待ってから食事を始める。ユピテルにはない習慣で、使用人や奴隷の人たちが奇異の目で眺めていた。

なお貴族の身分で同席しているのは私だけだ。ティベリウスさんは不在、師匠はたぶん在宅だけど顔を出さない。

「――豚肉が入っていますね。シャダイの民は豚は食べられないと、申し上げたはずですが」

食事の皿を指さして、ヨハネさんが給仕係の使用人に文句を言っている。使用人のおじさんは、すみませんと頭を下げながら皿を厨房に持っていった。

「食事の制限が厳しいんですね」

沈黙が気まずかったので、私は頑張って喋ってみた。ヨハネさんは首を振る。

「そんなことはありません。ここは異国ですから、厳格な律法が適用できないのは承知しております。我らとしてもずいぶんと妥協をしているのです」

厳しい表情のヨハネさんに、ラス王子はうつむいたままだ。

ヨハネさんはエルシャダイの国教、シャダイ教の聖職者。故国では尊敬される立場の人らしい。

ダークグレーの髪に同じ色の瞳をした、三十代はじめくらいの厳格な雰囲気の男性である。

やがて代わりの皿が運ばれてきて、食事が始まった。

「本来であれば」

ヨハネさんが言う。

「豚肉を調理した厨房で作った料理は、シャダイの民は口にしません。厨房は神によって聖別され、清められた場であるべきなのです」

「ははあ……」

「しかしこの国でそんなことを言えば、食べるものがなくて飢えてしまう。心苦しいことですが、神はシャダイの民が苦境に追い込まれているのならば、律法にそぐわない行為も見逃して下さいます」

学友役をおおせつかって半月くらい経つが、なんか、いつもこんな調子なのである。おかげで使用人や奴隷の人たちからの評判はすこぶる悪い。何をするにも制限があって、それから外れると何度もやり直しをさせられてしまうので。

ユピテルは宗教的にゆるい国だし、前世の日本だってそうだった。だから正直、どう接していいか分からない。

「そもそも、異教徒と晩餐を共にするなど……」

言いかけて、さすがにヨハネさんは口をつぐんだ。まぁここには異教徒しかいないからねえ。私もおっちゃん（ヨハネさん）のお説教聞きながらごはん食べるの嫌なんだけど、ラス王子にはなるべく楽しく過ごしてほしいから。

そのラス王子は、下を向きながらもしょもしょと食べている。私自身も弟のアレクもよく食べる方なので、こんな小さい子の食が細いと心配になってしまう。

宗教上の決まりに関しては、私は別に「そんなもんか」としか思わない。使用人たちと違って仕事に影響が出ているわけじゃないってのも大きいだろう。

シャダイの歴史は迫害の歴史だと、ヨハネさんが言っていた。異質な一神教は色んな国で偏見の目で見られて、苦労に苦労を重ねた末にやっと自分たちの国を建てられたのだと。

たぶん、その苦しい迫害の中で、結束と自尊心を高めるために色んな規則ができたのかな。今となってはなぜ？　と思うようなこともけっこうあるけど、当時の彼らには相応の根拠があったのだろう。そこは尊重するしかないと思う。

問題は、ユピテルにおいてシャダイ信徒は少数すぎて、誰も配慮しようとか思ってない点だ。そもそも異文化を認めてそのまま尊重しようという概念があんまりない。ユピテルは寛容と融和を政策に掲げているけど、結局はゆるやかにユピテル化して支配、統治する方針だからなー。

「ゼニス殿はお小さいのに、よくわきまえておられる。ユピテルの民も貴方のような方ばかりなら、我らももう少し安心できるのですが」

「いえいえ、褒めすぎです。私はただ、ラス王子とヨハネさんのユピテル滞在が、楽しい思い出になってほしくて」

彼らの色んな規則に口出しせず嫌な顔もしないでいたら、そんな評価になった。ヨハネさんの苦労がしのばれる。

なんかもう、郷に入りては郷に従え！　で、ユピテルにいる間ははっちゃけちゃいなよと思わなくもないが、それはあくまで私の価値観。規則、戒律は彼らのアイデンティティに関わる問題だから、軽々しいことは言えない。

ヨハネさんも強引に改宗を迫ってくるわけじゃないし、じゃあこっちもできる範囲で尊重するよってのが今のところの私の結論である。

微妙に気まずいままで食事を進める。

ふと見ると、ラス王子の手が止まっていた。お皿には半分以上料理が残っているが、もうお腹いっぱいらしい。

「ラス王子、もういいのですか？」

心配になって聞いてみる。

「はい。もうじゅうぶんいただきました。満腹です」

王子はまだ幼いのに、いつもきちんと丁寧に喋る。イカレポンチ幼女だった私とは雲泥の差である。

育ち盛りにこんなに少食でいいのかな。でも無理に食べさせるわけにもいかない。前世を思い出してみると、姪っ子の一人がかなりの少食かつ偏食だったっけなあ。あの子はどう対策していただろうか……。

やがてヨハネさんも食べ終わり、二人は食後の祈りを唱えてから席を立った。

一日の予定は終わっているけれど、眠るには早い。

私はもう少し、彼らに付き合うことにした。


時刻は夕暮れ時だが、外はまだ完全に暗くはない。私は二人を散歩に誘ってみた。

「お屋敷の周りを少し歩いてみませんか？　外の風に吹かれれば、気分転換になりますよ」

「ふむ、よいでしょう。閉じこもってばかりでは気も塞ぎますからな」

というわけで、近場を歩いている。この辺はフェリクスの警備兵が巡回しているから、治安は問題ない。

ティトにもついてきてもらいたかったが、夕食の片付けを手伝うとかで私だけで出てきた。

暮れなずむ坂道を三人で歩く。ヨハネさんは体格のいい人なので、ずんずんと進んでいる。子供の足ではついていくのが大変である。

振り返ると、ラス王子が遅れがちになっていた。

「ヨハネさん！　もう少しゆっくり歩いて下さい。殿下が追いつけません」

「甘えたことを。幼くとも殿下は栄えあるシャダイの王族です。このくらいのことで音をあげるわけがない」

んなこと言ったって足の長さが物理的に違うだろうがよ！

あと王子くん五歳だぞ、もうちっといたわってやれや！

と思ったが、口には出せない。私はラス王子の隣まで戻った。

「大丈夫ですか？　ゆっくりでいいので、私と一緒に行きましょうね」

「へいきです。ヨハネの言うとおりです。僕はシャダイの王族だから、もっとしっかりしなくちゃだめなんです」

そう言うけれど、口調が弱々しい。

「じゃあせめて、手をつなぎましょう。私の弟は、手をつないで歩くのが好きなんですよ」

まあアレクは私とではなく、お母さんと手をつなぐのが好きなわけだが。イカレポンチな姉だったから、警戒されていたのだ。今なら私ともつないでくれるかもしれない。里帰りしたら頼んでみよう。

ところがラス王子は私の手を取ろうとはせず、首を振った。

「だめです。シャダイの男子たるもの、よその女の人とむやみに触れ合ってはいけません」

男子ったってあんたは五歳で私は八歳じゃん。ノーカンだよ。日本の銭湯だって五歳児なら女湯入っても文句言われないだろうよ。

とっさにそう思ったけど、やっぱり口には出せない。くそ、もどかしいな。

散歩に誘ったのは失敗だったか。とりあえず適当なところで切り上げて帰ろう。

「…………」

とうとうラス王子の足が止まってしまった。

ふと彼の顔を見ると、顔色がかなり悪い。うつむきがちだった上に夕暮れ時で薄暗くて、今まで気づかなかった。

「ラス王子」

「いきが、くるしい……」

私が声をかけるのと、彼が胸を押さえて膝をつくのは、ほとんど同時だった。

「大変！　ヨハネさん、王子が!!」

大声で叫ぶ。だいぶ先に進んでいたヨハネさんが振り返り、すぐに駆け戻ってきた。

小さな王子はかなり苦しそうで、荒い息を何度も繰り返してうずくまっている。どうしていいか分からず、私は彼の背を撫でた。

「またか……」

ヨハネさんが眉を寄せて、呟く。

「また？　前にもこんな状態になったことが？」

「ええ、ユピテルまでの旅の間に何度か。かなり苦しみますが、長くは続きません。しばらくすれば落ち着きます」

そうなの？　でも、こんなに苦しそうだよ？

ラス王子は小さな額に冷や汗を浮かべて、苦しそうな息をしている。かわいそうで私の胸まで苦しくなりそうだ。

……ふと思った。この症状、前世で見たことある気がする。

あれは確か、中学生の頃。全校朝礼で倒れた同級生の女の子がいた。貧血かな？　って思ったら、すごく息が苦しそうでびっくりしたっけ。

先生たちがすぐ担架を持ってきて、保健室に運ばれていったけど……。

後でその子が「過呼吸だよ」と言っていたな。いろんなストレスがかかると出やすいって。

対処法はなんだっけ、紙袋に口をつけて息をする……のは、一昔前のやり方でかえってよくないんだったか。

くそ、うろ覚えだ。思い出せ。

――そうだ、息を吐くのに重点をおいてゆっくり呼吸する、だった。不安やストレスで悪化するから、なるべく優しく声をかけて。

「ちょっと待って下さい。まだ動かさないで」

ヨハネさんが王子を抱えあげようとしていたので、制止する。今、体勢を無理に変えるのも苦しいだろう。

ヨハネさんが不審そうな顔をしながら、でも手を止めた。

ラス王子の膝を立てて座らせて、そっと背中を撫でる。

「大丈夫ですよ。落ち着いて、ゆっくり息をしてね。深呼吸するみたいに、ゆっくり。吸って、ゆーっくり吐いて」

息の間隔が取りやすいように、言葉に合わせて背中を撫でる。だんだん前世の記憶を思い出してきたぞ。一回に十秒くらいかけて息をして、吸う一に対して吐く二くらいの割合がいいんだったな。

「はい、息を吐いて、吐いて。吸って……」

そんなことをしばらく繰り返していたら、徐々に呼吸が落ち着いてきた。

おお、効果あった。背中を撫でるのは一度やめて正面に回って顔色を見てみる。

と、思ったら。

「うぅ、げほっ」

咳と一緒に夕食で食べたものを戻してしまって、ちょうど前にきた私に嘔吐物がかかった。

苦しさで涙を浮かべたラス王子が、「ごめんなさい、ごめんなさい」と繰り返す。

「大丈夫、なんでもないよ。気にしなくていいから、楽にしてね」

まあ正直言えば「うへあ」という感じだったが、そんなことも言っていられない。お屋敷はすぐそこだから、洗濯お願いしてお風呂に入ればいいや。何なら服も自分でざっと洗うし。

今度は隣に座って背中を撫でた。だんだん落ち着いてきたので、ヨハネさんに抱き上げてもらってお屋敷に戻ることにする。

口の中で祈りの言葉を呟いた後、ヨハネさんが言った。

「こうなった殿下がこんなに早く落ち着いたのは、初めてです。いつもはもっと苦しむのに……。

ゼニス殿に感謝を」

「いえ、私こそ体調が悪いのに気づかず、散歩に誘ってしまって」

道すがら、そんな言葉を交わした。

移動中もラス王子の容態は悪化はせず、けれど憔悴《しょうすい》した様子だった。

出迎えた使用人たちが何事かと驚いている。ヨハネさんはラス王子の部屋に向かい、私は服が汚れてしまったので、一度別れてお風呂に行く。服の洗濯はちょい申し訳なかったが、洗濯係の奴隷の人にお願いした。


いやはや、めちゃくちゃびっくりした。

お湯に浸かりながら、私は思った。

でも今回はたまたま過呼吸――なんか正式な病名があった気がするけど、思い出せないからこれで――の対処法でうまくいったものの、他の病気がないとも限らない。そうなったら私はお手上げである。私に医学の心得なんてないわ。

前世の中学時代を思い出して動けたので、良かったというところか。またパニクってフリーズしなくてほんとよかった。あんな苦しそうな小さい子を放っておくなんて、できないよね。

さて、さっさとお湯から上がって様子を見に行こう。まだ心配だもの。落ち着いてくれるといいんだけど……。

お風呂から上がって服を着て出ると、ティトが待ち構えていた。

「ゼニスお嬢様、ラス殿下が倒れたと聞きましたが」

「うん、散歩の途中で具合が悪くなっちゃったの。介抱したら落ち着いたから、戻ってきたよ」

ティトは私の服が汚れた原因も聞いたようだ。

「お嬢様は何ともないですか？」

「私は平気。今から殿下の部屋に様子を見に行こうと思ってるけど、飲み物とか持っていった方がいいかな？」

「吐いたんですよね？　すぐには飲めないのでは」

「あ、そっか」

前世はともかく今生の体は健康体なので、そんなことも忘れてた。だめじゃん。

「口をすすぐ程度にして、少ししたら白湯をゆっくり飲ませるといいと思います」

ティトはさすがに子守で慣れている。私とアレクの面倒を見てくれていたものね。

「もし飲めるようなら、蜂蜜を溶かしてあげてもいいかもしれません」

蜂蜜湯は私もアレクも好物だ。そういえば、たまに風邪をひいた時なんかにティトが作ってくれたっけ。

「分かった、ありがとう。じゃあ今は部屋に行ってみて、後で白湯が飲めそうならお願いするね」

「はい」

とりあえず口をすすぐ用の水差しを持って、二人でラス王子の部屋に行った。ノックをして返事があったので中に入る。寝台で横になった王子とその脇に付き添っているヨハネさんがいた。

「具合はどうですか？」

「だいじょうぶです」

私が聞くと、ラス王子が答えた。とても大丈夫そうには思えない、弱々しい声だった。

「お水を持ってきました。飲めそうですか？」

彼は首を横に振る。では、ということで、水差しの水で口をすすがせた。吐き出した水は洗面器に入れて、ティトが片付けてくれる。

「大変でしたね。無理に散歩に誘ってしまって、ごめんなさい。今日はゆっくり休んで下さいね」

「ゼニスは悪くありません。僕がちゃんとできないから、悪いんです」

私は思わず目の前の男の子を見た。彼は思い詰めたような目をしている。

こんなに小さいくせに、なんでそんな痛々しいことを言うんだ？　ヨハネさん、教育方針間違ってるよ。

思わず険しい目でヨハネさんを見てしまった。視線に気づいたはずだが、何も言ってこない。

「……ラス殿下は悪くないですよ。この病気は疲れていたり、心配なことがいっぱいあるとかかってしまうんです。殿下は小さいのにお父様やお母様と離れて、長い間旅をして、知らない国に来たばかりでしょう。疲れてしまって当たり前ですよ。きっと寂しいと思うけれど、せめてゆっくり休んで下さいね」

王子様は不安そうな目をして、私の話を聞いている。

ちょっと迷ったが、思い切って片手を握り、頭を撫でてみた。されるがままに大人しくしている。

ヨハネさんが止めてくるかと思ったけれど、彼も黙ったままだった。

しばらくの間そうしていると、小さな王子はだんだん眠くなってきたようで、やがて静かに寝息を立て始めた。

眠ったのを確かめて手を離す。

立ち上がると、ヨハネさんが呟くように言った。

「私は、殿下に厳しくしすぎたのでしょうか」

独白みたいな口調だったので、返事をするべきか悩んだが、私は答えてみた。

「どうでしょうねぇ……。色んな事情があるでしょうから、私には何とも。でも、具合が悪い時くらいは優しくしてもいいかなって」

言いたいことは色々あったが、眠っている子供の前で喧嘩腰になりたくなかった。

ヨハネさんの返事はない。

一度部屋を辞するべきかと考えていると、彼は続けた。

「疲れや心労が多いとかかる病気とおっしゃいましたな。どうすれば治りますか？」

「一般論ですけど、なるべくストレス――心労の種を取り除いて、ゆっくり休養するといいはずです」

「それは……難しいかもしれませんな……」

異教徒だらけの異国だもんね。でも別にフェリクスの人たちも彼らをいじめようと思ってるわけじゃないし、慣れれば何とかなるんではないか。

「ラス王子の心が休まるよう、私も協力しますから。ヨハネさんも、ちょっとだけ甘やかしてあげて下さい」

「甘やかす、ですか。私は今まで、自分にも他人にも厳しくあるよう生きてきました。どうしたものか……」

八歳女児に変な弱音を吐く三十代男性の絵面である。まあ八歳の中身は四十歳なので、おかしくはないのかもしれない。

「えっと、じゃあとりあえず、今夜は手を握っていてあげて下さい。人のぬくもりを感じると、安心しますから。……戒律違反になります？」

「いいえ、それはありません」

「なら、お願いします。後でお湯のポットと蜂蜜を持ってきますので、口にできそうでしたら飲ませてあげて下さい」

「承知しました」

私はうなずいて、ティトと一緒に部屋を出た。

ヨハネさんも悪い人ではないと思う。王子の保護者役になって、いろいろ悩んでいたんだろう。

ドアを閉じる前に振り返ったら、さっそくベッドの横に膝をついている彼の姿が見えた。


その後、ラス王子の体調は多少の波がありながらもだんだんと良くなっていった。他の病気を心配していたが、特にこれといった症状もなかった。

過呼吸の発作は何度か起きたが、例の呼吸法のおかげで治りが早く、消耗も抑えられた。

何度目かの発作の後、寝台の上の背中をさすってあげていると、こんなことを言われた。

「いつも、ありがとうございます。ゼニスのおかげで、苦しいのが減りました。それで、あの、お願いなんですが……」

「何でしょう？」

「姉さまと……ゼニス姉さまと呼んでいいですか？」

苦しい発作の後のちょっと潤んだ目で言われて、私のハートは射抜かれた。かわいいなぁ、おい！

弟のアレクも元気いっぱいでかわいいけど、それとはまた違ったタイプの愛らしさだ。金髪の巻き毛が天使みたい。

「もちろんいいですよ!!」

変に気合が入った返事をしてしまったが、やむをえまい。

あと本当はゼニスおばさま（四十歳）なんだが、そこは転生特典ということで気にしないでおこう。

「僕のことは、ただのラスと呼んでください。王子も殿下もいらないです」

「えーっと、それは……」

脇に控えていたヨハネさんを見ると、ちょっと目を細めたまま黙っている。黙認してくれるってとこかな？

「はい。じゃあラスと呼びます」

「あの、できたら言葉遣いも普通にしてください。ティトや他の人に言うみたいに」

「その方がいいなら、そうするね」

そう言うと、ラスは嬉しそうに笑った。この子の屈託のない笑顔は初めて見た気がする。なんだかほっとするなあ。

ラスにも丁寧語をやめるよう言ってみたが、母国語と並行して覚えたユピテル語が丁寧語基準だったらしい。この方が喋りやすいということで、そのままになった。

少しずつ秋が深まる中、ラスは元気を取り戻していった。

適度な運動もしようということで、私やティトとお屋敷で鬼ごっこをしたり、その辺を散歩したり、ラジオ体操をしたりした。ラジオ体操は他の人に変な目で見られたが、気にしても始まらないし？

冬になる頃には、食事もだいぶ食べられるようになった。シャダイ教の決まりで口にできないものはともかく、それ以外のものはなるべくバランスよく食べた方がいいよ！　と主張したら、がんばって聞いてくれたのだ。苦手だったニンジンも、今ではそこそこ食べてくれる。

なおユピテルのニンジンは紫色をしている。ニンジンというよりラディッシュみたいだ。

ユピテルは前世と同じような野菜も多いけど、たまに違って面白い。

ヨハネさんは基本、厳格な雰囲気を崩さないが、多少のことは黙認してくれるようになった。とはいえシャダイ教の戒律は彼にとって大切なものなので、お祈りや安息日やその他の決まりはラスと二人できっちり守っている。

フェリクスのお屋敷の人々もシャダイのやり方に慣れてきて、奇異の目で見ることもなくなった。

使用人の一人は、

「ゼニス様があの人たちと仲良くしてるから、私らも気にならなくなりました」

と、言っていた。そういうものかな？　まあ、私も一緒に変な動き（ラジオ体操）とかしてたからね。

ティベリウスさんもラスと話す時間を作ってくれた。オクタヴィー師匠は「私、病気の子供はこの世で一番嫌いなの」と言って寄り付かなかったが……。

全体として、良い方に変わったと思う。

そして私は気づいたのである。

やばい。魔法学院の卒業課題、なんにも進んでない。……と。

第Ⅲ章

魔力の不思議

TENSEI DAIMAJYO NO ISEKAIGURASHI

冬のお祭り

季節は冬。首都ユピテルにやってきて、二度目の冬である。

しかし感慨にふける暇もなく、私はたいそう焦っていた。

ラスとの生活を重視するあまり、魔法学院の卒業課題をすっかりさっぱり忘れていたからだ。

この辺も私の悪癖が出た感じがする。一つのことに集中すると、他のことが思いっきりおざなりになる。力の配分というか、マルチタスクが下手くそなんだよ。

過ぎた時間を悔いてもどうにもならない。卒業課題の最終締切は来年の夏なので、まだまだ余裕はある。

ほんの三ヶ月ばかり忘れていただけさ！

そう割り切って、私は改めて卒業課題のテーマ探しに乗り出した。

そして改めて考えると、問題が一つ浮かんできた。

首都に出てきて約一年。フェリクスのお屋敷と魔法学院を往復して勉強してばかりだった。そのせいで私は、ユピテルの人々の暮らしや文化についてまだまだ無知なのである。

教養としての学問は学んだ。社会制度なども一通り知った。

でも、それだけじゃ不十分だ。

役に立つ新しい魔法を作るにしても、人々がどんなふうに生活してどんなものを必要としているのか分からなければ、アイディアの出しようがない。

そこで私は首都の市街地を見て回ることにした。

折しも十二月は、サトゥルナリア祭というお祭りが開催される。サトゥルヌスという農業を司る神様のお祭りで、お祭りの期間中は馬鹿騒ぎをする。さらに、表面的に身分を入れ替えて遊ぶのが最大の特徴だ。奴隷と主人の立場が逆転して、奴隷が寝椅子に寝転がり、主人が給仕をするみたいな遊びをするのだ。

サトゥルナリア祭が始まる少し前から、首都の街はにぎやかさを増していく。各種のお店の軒先には、お祭り用の彫り物が施されたロウソクや陶器の彫像などが置かれた。

このお祭りでは家族や友人で贈り物を贈り合う。年末のイベントということで、前世のクリスマスを思い出すね。

道行く人々の表情は明るい。飾り付けられた店の軒先で、プレゼントを物色している人をたくさん見かけた。どの人もお祭りを楽しみにしている様子がうかがえた。

そして、お祭りの初日。

飾り付けられた街を、私とティトは歩いていた。護衛の奴隷の人も一緒だ。

ラスとヨハネさんはお留守番。彼らとしてはシャダイの神以外の祭りに参加は出来ないのだそうだ。

首都の人混みはいつもすごいけど、今日は特にものすごかった。

通りはごった返していて、押すな押すなの様相だ。私はティトと手を握り合って、はぐれないよう頑張った。あまりにギュウギュウ詰めなので、背丈の低い私は押しつぶされそうだったよ。

サトゥルナリア祭は立場逆転のお祭り。なので道行く人々の服装も、いつもと違う。

誰も正装のトーガを着ておらず、カラフルなマントを羽織って三角形のヘンテコな帽子をかぶったりしている。

奴隷らしき人が道沿いのお店で堂々と飲食して、どんちゃん騒ぎ。サイコロを振っている人もいる。サトゥルナリア祭の間だけは、普段は禁止されている賭博が解禁されるのだ。

とにかく皆が陽気に笑って、お店という店が扉を開け放ち、食べ物やワインが振る舞われる。あちこちで「乾杯！」の声が響いている。

プレゼントを買い求めている人もいる。あのお店で売っているのは何だろう、食器かな？

お祭りの飾りの間に色んな商品が置かれていて、見ているだけでも目に楽しい。普段は倹約家の人も、サトゥルナリア祭の時は大いに財布のひもをゆるめるというわけだ。

今は十二月。温暖なユピテルでも冬はそれなりに寒くて、冬至が近いために陽も短い。本来であれば陰鬱《いんうつ》な季節だろう。

けれど人々は、そんな季節を吹き飛ばすだけのエネルギーを発していた。

「もうすぐ冬至、冬至を過ぎれば陽が延びて、また春がやってくる！」

人混みの中、酔っ払いの調子外れの歌声が響いた。手拍子が起きて、歌はどんどん広がっていく。

テーブルの上に飛び乗って踊っている人もいる。

「生きてりゃ必ず良いことがある！」

「そうさ、明日は今日より良い日だぜ」

「サトゥルナリア祭、万歳！　ユピテルに乾杯！」

「おおーっ！　今日はとことん食って飲め！」

すごい熱気だ。皆が全力で今日という日を楽しんでいるのが伝わってくる。

ユピテルの社会は前世に比べれば未熟で、問題も多い。奴隷制があり、町の衛生状態も良いとは言えず、社会保障はほとんどない。

けれども人々は、誰一人として悲観していなかった。根拠のない楽観と言えばそれまでかもしれない。

だが楽観主義は巨大なエネルギーとなって、町全体、ひいては国全部を包み込んでいる。

奴隷の身分にある人は自由を目指して。解放奴隷となった人々はより豊かさを、自由市民たちは家族と一族の繁栄を求めて、日々精力的に活動している。

フェリクスのティベリウスさんもそうだ。あれだけ大きな家門の主でありながら、前に進む気概を持ち続けている。オクタヴィー師匠も、まだまだ未発達な魔法の分野に自ら身を投じた。

尽きぬ熱気と向上心は、ユピテルという国を象徴する姿勢。

それらは生命そのもののうねりを思わせて、私はとにかく圧倒された。

二十一世紀の日本に欠けていたもの。

そして、ユピテル生まれであるゼニスの身体に備わっているもの。

人間という生き物のむき出しの生命力が、この国に満ちていた。

サトゥルナリア祭は数日間に渡って続く。

その間中馬鹿騒ぎが続いて、人々は大いに祭りを満喫したのだった。

一年ぶりの故郷

サトゥルナリア祭が終わり、首都はいつもの様子を取り戻した。

お祭りの圧倒的なエネルギーに元気をもらった気がする。

それで改めて卒業課題に取り組みたいところなのだが、もう年末が近い。年末年始は実家に帰っておいでと両親から手紙をもらっていた。

そういえば丸一年以上帰省していない。私だけならともかく、ティトだってそうだ。

ティトはしっかり者だけど、まだ十二歳。ホームシックの時もあるんじゃないかな。

一度家族の元に帰って、無事な姿と成長したところを見せるべきだろう。

不幸中の幸いというか、課題はまだ何一つ手を付けていない。何をテーマにするか考えるところからなので、それならば移動中でも帰省中でもできるからね。

というわけで、ティベリウスさんに帰省の相談をした。

「もちろんいいよ。むしろゼニスの年齢で一年も帰らず、よく頑張ったね。年末年始は家族で過ごすといい」

と、快諾してくれた。

だが、もう一つ懸念がある。

「ラスがついてきたがっているんです。連れて行っていいですか?」

実家に帰る話をしたら、ゼニス姉さまの故郷を見たいと言い出した。単なる話の流れかと思ったら案外頑固で、何度も一緒に行きたいと言われている。

「ふむ……」

リウスさんは顎に手を当てて少し考えた。

「特に問題はなさそうだね。むしろ今、一番懐いているゼニスと引き離せば、また不安に陥ってしまうかもしれない。ランティブロス王子の健康は、先方への移動と滞在に耐えられる程度に回復したんだろう?」

「はい」

首都から故郷までは片道二〜三日。子供の足ならもう少しかかるかな? くらい。滞在を含めて二週間程度を見積もっている。道中ものんびり行くつもりだし、別に問題はないはずだ。

「では、連れて行ってあげるといい。実家のご両親によろしく伝えてくれ」

リウスさんはそう言って、路銀とお土産を持たせてくれた。私は恐縮して断ろうとしたが、王子の分ということで受け取ることになった。

そんな経緯で首都を出発した。私、ティト、ラス、ヨハネさんの四人である。

故郷から首都に来る時は案内人をつけてもらったけど、今回は大人のヨハネさんがいるからなしになった。一度通った道で特に複雑でもないので、順調に進んで故郷の村に着いたよ。

お昼すぎに村に着いたら、入り口のところでお父さんとお母さん、アレク、それにティトの家族が出迎えてくれた。

「おかえりなさい、ゼニス！」

お母さんが一年前と変わりない笑顔で、手を広げてくれる。私はその腕に飛び込んだ。

懐かしい土とお日様の匂いがする！　落ち着くなぁ……。

「ただいま！」

「元気にしてた？　フェリクス本家の皆さんと仲良くしてた？」

「うん」

「あちらがランティブロス殿下だな？」

お父さんが私の髪をくしゃっと撫でてから言った。

前もって手紙で事情は説明してある。私はうなずいた。

それぞれに紹介し合う。アレクは同い年のラスに興味しんしんだ。

一度実家に行って荷物を下ろしたら、さっそく話しかけていた。

「ねえねえ、王子様なんだって？」

「そうです。兄様が二人いて、僕は第三王子」

「兄ちゃんがいるのか！　いいなぁ。俺のとこは姉ちゃんだけだよ」

「ゼニス姉さまですね。アレクの話は姉さまから聞いています」

「ふーん、そうなの？　まあいいや、それより遊びに行かない？　ブドウのマルクスごっこしよう！」

ブドウのマルクスごっことは??

聞いたことのない言葉に私は首を傾げた。一年前はそんなのなかったはずだが。

「おっきなブドウから生まれたマルクスが、悪いリスを退治するお話だよ！　マルクス役とリス役をかわりばんこにやるの」

アレクは誇らしげに答えてくれた。

なんだそれは、桃太郎の亜種か……？

『マルクス』はユピテルで非常にありふれた名前で、日本語の太郎みたいな意味合いだろう。なんか、前に私がアレクに話した日本昔ばなしがご当地風にアレンジされたらしい。桃、ここらでは見たことないものね。

押せ押せなアレクに対し、ラスはちょっと困っている。同年代の子が今まで周りにいなかったので、どうしていいか分からないようだ。

私とヨハネさんを交互に見ているので、声をかけた。

「よし、ラス、一緒に行こう。私も久しぶりに村の子たちに会いたいから。……ヨハネさん、いいですか？」

「構いません」

ヨハネさんはうなずいてくれたが、意外にもアレクが文句を言いだした。

「えーっ、姉ちゃんも来るの？　ブドウのマルクスは男の物語なのに」

うわ、一年ですっかり生意気になってる！　呼び方も『おねえちゃん』から『姉ちゃん』になってるし？

「物語に男も女もないでしょ！　わがまま言うなら、私の必殺技でぶっ飛ばすよ！」

「わー、やめてー！」

イカレポンチ時代の勢いで凄んでやったら、きゃらきゃら笑いながら走っていった。まったくもう。

私たちのやり取りに目を丸くしているラスの手を取って、アレクの後を追いかけた。


ラスと村の子供たちはすぐに仲良くなった。

冬の木枯らしが吹くのもなんのその、みんなでブドウのマルクスごっこをやって、その後は追いかけっこ。

ユピテルの子どもたちの定番の遊び、クルミ投げもしたよ。

すっかり葉を散らしたブドウ畑でかくれんぼも楽しんだ。

私が初歩の魔法を披露してみせると、みんな手を叩いて喜んでくれた。

気がつけば夕暮れ時だ。三々五々、子供たちは家に帰っていく。

そういや勢いで家を飛び出してしまったけど、両親とヨハネさんは気まずくなっていないだろうか。両親には手紙でエルシャダイ王国についてざっと説明してあるが、どこまで伝わったか分からない。

ううむ、また考えなしに行動してしまった。ちょっと反省しながらアレクとラスと三人で家に戻ったら、意外に和やかな雰囲気だった。お父さんとお母さん、ヨハネさんで大麦のお茶を飲みながら談笑している。

「あら、おかえり。楽しく遊んできたかしら？」

お母さんが笑顔で言う。

「もう少しで夕食の準備ができますからね。お茶で体を温めていなさい」

「はい、ありがとうございます」

ラスがきちんとお礼を言って、お母さんはにっこりした。

「ヨハネさんに、ゼニスの話を聞いていたの。いっぱい褒めて下さったわ」

「あの暴れん坊のゼニスがなあ。信じられないよ」

お父さんがしみじみしている。暴れん坊っていうかイカレポンチね……。

どうやら彼らは私の話で場を繋いでいたらしい。共通の話題としては無難だろう。オトナの対応だね。

そうこうしているうちに夕食が出来上がり、皆で席についた。

ラスとヨハネさんはいつもどおり食前の祈りを唱える。

「ねえ、あれ、なにやってんの？」

アレクが小声で言った。

「シャダイ教の決まりなの。いろんな決まりがあるけど、ラスたちにとっては大事なものだから。からかったり、変な目で見たら駄目だよ」

「ふーん？」

アレクは分かったのかどうなのかって感じだったが、両親は承知しているらしい。嫌な顔もせずお祈りの終わりを待って食べ始めた。

料理についても食材を説明して、食べられるかどうか確認している。

そんなわけで夕食も良い雰囲気で終わった。その後、ヨハネさんとラスは移動の疲れが出たからと早めに客室に引き上げていった。

「お母さん、配慮バッチリだったね。首都でもシャダイを変な目で見る人多いから、心配してたのに」

「ゼニスの手紙の他に、ティベリウス様からも念押しされてたのよ。文化も風習も違う人たちだから、分からない点は率直に聞いて、その通りにするようにと」

ううむ、そうだったのか。

「東の国境、アルシャク朝の隣の国なんだろう？　かなり遠いよなあ。なら、習慣が違ってもそういうものかと思ったよ」

と、お父さん。

そうは言っても偏見を持たないでいられるのは、けっこうすごいことだと思う。イカレポンチ幼女をきちんと育ててくれたり、うちの両親はよく出来た人たちだ。

「明日もラスと一緒に遊ぶんだ！」

アレクは張り切っている。きょうだいは姉の私だけだから、男の子が家にいるのが嬉しいらしい。

こうして、久しぶりの実家滞在は楽しい空気の中で始まった。


実家に帰ってきたら、思った以上に心が軽くなっている。

なにせ中身は四十歳なので、ホームシックなんて今更だと思っていたけれど。いくつになっても故郷というのはいいものだ。

前世じゃ一人暮らしを始めたのは、大学卒業して就職した二十二歳だったっけな。あの時は慣れない職場と初めての一人暮らしで寂しくて、夜に布団の中で泣いたりしていたんだった。もうずいぶん昔になっちゃった。

アレクとラスは親友か兄弟みたいに仲良くなって、毎日そこらを駆け回っている。

ラスの体調が心配だったけど、思いっきり遊んで、夜は体力を使い果たしてぐっすり眠って……と楽しそうだ。今のところ、過呼吸の発作も出ていない。一応、外遊びの時は私かヨハネさんがついていくことにしている。

私も彼らに付き合って走ったり、木登りしたりしている。もちろんもう落ちたりしないよ！

番犬の黒犬のフィグ、白犬のプラムも引き連れて、地面を転がるようにして遊んでいた。

犬たちはどちらも男の子で、プラムの方がおじいちゃん。私と同じ八歳である。

日本なら犬も十五歳くらいまで生きたが、ここでは寿命はもっと短い。十歳まで生きればかなりの長生きだ。

だからそろそろ、プラムは衰えが目立つ。私が小さい頃は元気に走っていたのに、今は休み休み。右の後足がちょっと悪いようで、たまに引きずっている。

去年この子は、私をブドウリスから助けてくれた。あの時だってそれなりにお年寄りだったのに、すごく頑張ってくれた。命の恩犬だ。

プラムとは生まれた時からずっと一緒に暮らしてきた、私にとっては家族と同じ存在。できれば長生きしてほしいのだが……。

ちょっぴり切なくなりながら頭を撫でてやったら、プラムはヘッヘッヘッと舌を出しながら笑った。犬も笑うんだよね。かわいいね。

まだ若いフィグはアレクが投げた枝を空中でキャッチして、持って帰っている。

今度はラスが投げたが、アレクほど上手に投げられなくてフィグがジャンプを空振ってしまった。あれ、投げる方の技量もけっこう問われるんだよねぇ。

「どうやったら、アレクみたいに投げられるんですか?」

「こうやって、体ぜんぶの力をかけて投げるといいぞ。父さんに教えてもらった」

そんなことを言いながら、二人と一匹で楽しそうにしている。

弟たちを眺めながら、私はぼちぼちと魔法学院の課題を考えていた。

故郷の村で皆が地に足をつけて暮らしている様子を見ていると、私の課題も派手さは必要ない気がしてくる。

堅実に、けれど確実な一歩を踏み出せるような、そんなテーマ。

過去の卒業生たちは新しい魔法そのものや、既存の魔法の目新しい使い方を発表していたけど、私はどうしようかな。

実はずっと気になっていることがある。

魔法は呪文を唱えて結果を発動させる手法ばかりが発達していて、そもそも魔力とは何か、どうして魔法が発動するのか？　という視点がほとんどないのだ。

だいたい魔法語だって出自不明の謎の言語。誰が考えたのか、これを母国語とする民族がいるのかどうか、何もかもはっきりしない。

一応、魔法の成り立ちは言い伝えがある。一年次の授業で聞いたあれだ。今から千年ほど昔、北方に広がる森林地帯の奥で精霊から授けられたという説。

しかし『千年』は正確な年数ではなく『すっごい昔』くらいの意味合いだし、精霊とは何かも具体的に分からない。本当に何も分かっていない状態なのである。

そして、この世界の魔法はあくまで呪文を唱えて発動させるもの。無詠唱はありえない。

ファンタジーでよくある魔道具のたぐいはない。魔力電池のような魔石もない。辛うじて魔力に反応して光る、例の石があるくらいだ。

魔法語の呪文を紙やその他のものにそのまま書いても、特に何も起きない。

どうして『魔法語』を『発声』する必要があるのか。それも謎のままだ。

魔力と魔法の仕組み、この辺りをもっと解明できれば、魔法も更に発展するのではないかと思う。

しかしそうなると、どういう切り口で研究しようかな……。

あまり風呂敷を広げすぎると、来年の夏の締切を過ぎてしまいそうだし。

職業・魔法使いになったら、研究は引き続き出来るだろう。ならばテーマはある程度絞って、きちんとまとめられる範囲にすべきか。

そんなことをつらつら考えていたら、不意に生暖かいものがべちょっと顔に当たった。

見ると老犬のプラムが私の顔を舐めている。難しい顔でうんうん唸りながら考え事をしていたせいで、心配させてしまったようだ。

「なんでもないよ、考え事も楽しいからね。よしよし」

撫でてやれば、安心したようにゆるく尻尾を振った。賢い子だ。……でも、ちょっと口臭がクサイな！

「帰ったら一緒にお風呂入って、歯磨きする？」

「ヘッヘッヘッ……」

まあいいか、この寒い中に無理にお風呂に入れて風邪ひいたら大変だし。ユピテル人はお風呂好きだけど、犬を洗う習慣はあんまりない。夏にタライに水を張って水遊びがてら何となく洗うくらいだ。

ちょっぴり口は臭いがプラムはかわいい。じっとしていると冬の寒さがじわじわ染みてくるので、湯たんぽ代わりに犬に抱きついた。

うーん、もふもふ！　あったか！

故郷に帰ってきて早数日。もう新年は間近だった。

今日は大晦日である。

ユピテルでの年越しは、うちみたいな田舎村であれば各家庭で過ごす。

家長であるお父さんが即席の祭司になって、家にある祖先と神々の祭壇《ララリウム》にお供えとお祈りをするのだ。

お父さんはユピテル男性の衣服トーガを正装として身にまとい、布端を引っ張ってフードのように頭にかぶる。

トーガを頭にかぶるのは、神官としての装いだ。ユピテルでは神官や祭司は専門職ではなく兼業が多い。なのでこうやって、トーガの着方をアレンジして即席の神官になるのだ。

首都では大晦日になると、小高い丘の上にある大神殿に最高神祇官《じんぎかん》――宗教専門職ではなく元老院の公職――が祈りを捧げに行く。街中に明かりが灯されて、幻想的な雰囲気の中を歩いて行くんだよ。それを皆で後をついていったり、灯火を掲げて道を照らしたりする。去年首都で暮らし始めたばかりの頃、ティトと二人で見物したなあ。

私の家にもロウソクがたくさん灯されて、いつもとは違った装いになっている。お香も焚かれて、家中が不思議な匂いで満たされていた。

主だった神々、主神ユピテルとフェリクス家門の守護神の幸運の女神、農業を司る神にお父さんが祈る。

その後はお母さんにバトンタッチして、かまどの女神や出産の守護女神にお祈りをする。

一通りの儀式が終わったら、みんなでごちそうを食べる。

テーブルいっぱいに並べられた料理を見て、アレクがよだれを垂らしそうな顔をしていた。

「今年のブドウの出来は、なかなかよかった。これならワインも期待できそうだ」

お父さんが上機嫌で言った。

「去年はブドウリスが出て大変だったからなぁ。一時はどうなることかと思ったが」

「でも、おかげでゼニスの才能を、フェリクスの本家に見出してもらえたんだもの。幸運も不運も表裏一体ね」

と、お母さん。

「まったくだ。ゼニス、これからも頑張るんだぞ」

「うん、もちろん」

私は力強く頷いた。この一年は勉強に費やして、これからいよいよ魔法使いとしての道が始まるんだ。張り切ってるよ！

……あと、それはそれとしてこの山鳥の詰め物焼き、おいしいな。

「姉ちゃん、こっちの山羊チーズの麦粥、すっげーうまいよ！　食べてみて！」

「おっ、チーズ？　私大好き！」

チーズリゾットみたいな麦粥は風味があっておいしい。私、チーズはそのまま冷たいのより、お料理で火を通したのが好きだね。

山羊のチーズはちょいとクセがある。日本人の感覚ならば、臭みと感じたかもしれない。

けれどユピテル生まれのゼニスの身体は、この味に慣れ親しんでいるのだ。

「ラスも一緒に食べたら良かったのに」

スプーンでチーズをすくいながら、アレクが口を尖らせた。

ラスとヨハネさんは「異教の祈りに加わるわけにはいかないので」と言って二人で客室にいる。

彼らは彼らで、シャダイ教のやり方で新しい年を祝っているようだ。

スプーンから糸を引いて落ちかかったチーズを、私はお皿で受け止めた。

「仕方ないよ。シャダイ教の決まりは、ラスもヨハネさんも大事にしてるから」

「だいたいさー、神様が一人っていうのがわかんない。神様はいっぱいいるものじゃん。ラスの神様も、いっぱいいる神様の中のひとりじゃ駄目なの？」

アレクの言い分が、一般的なユピテル市民の意見だろう。この世界では一神教はマイナーなのだ。

アレクとしてはラスの神様も否定しないと言いたいのだろうが、一神教に対してその言い分は通らない。

「駄目なんだろうねぇ。神様はたった一人っていうのが、シャダイ教の教えだから」

「わかんねー」

アレクは頬を膨らませたままチーズのスプーンをぱくっと口に入れて、熱さで目を白黒させている。

「でもいいよ、神様がどうだってラスは友だちだもん」

「そうだね」

熱いチーズをようやく呑み込んで、アレクはそんなことを言った。

それから家族の食卓は和やかに進んだ。お腹がいっぱいになった私とアレクはお風呂に入る。

フェリクスのお屋敷に比べれば慎ましい浴室だけど、内風呂があるのは便利でいいね。

お風呂から戻ると、村の人たちが一足早い新年の挨拶に来て、賑やかになっていた。お母さんが夕食の余り物の料理を配ったりしている。余り物というけど、貴族の家で作った立派な料理なので、こういうふうに村人に下げ渡すのも大事なんだってさ。

ティトがいたので、ちょっとおしゃべりをしたよ。

たまには夜更かししたかったが、昼間も外で駆け回って遊んだ上にお腹がいっぱいで、早くも眠くなってきた。

日本と違い、午前零時ぴったりに花火を打ち上げたりはしない。そこまで正確な時間は誰も気にしていないもの。

訪れていた村人たちもだんだん帰っていって、奴隷の人が後片付けをしている。

こうして、今年最後の日は終わっていった。


新年になり、また日々がいくらか過ぎて、私たちが首都に戻る日がやって来た。

ラスが帰ってしまうのが嫌で、アレクは前の日から駄々をこねていた。

「やだやだ、ラス、帰っちゃやだ！　ずっとうちにいようよ」

「アレク、また会えますから」

なだめるラスも寂しそうである。

「アレク！　わがまま言わないの。ラスが困ってるでしょ。また遊びに来るから、ちゃんとさようならしなさい」

弟の頭をコツンと叩くと、アレクは居間を飛び出していった。もうすぐ出発というのに、どこへ行くのやら。

まあ、「今度は遊びにおいで」と言えないのが辛いところである。私もラスもフェリクスの居候なので。

荷物をまとめて玄関を出たところで、息を切らせたアレクが戻ってきた。

「これあげる！」

ラスに握りこぶしを突き出して、手の中の何かを渡したようだ。

「これ、なんですか？」

受け取ったラスは、小さい白っぽいものを手のひらに乗せている。

「俺の宝物の、ブドウリスの歯！　前歯の一番りっぱなやつを抜いてきたから」

おぉう、例のリスの頭蓋骨か……。さすがに最近は首から下げるのをやめたようで、安心していたのだが。

「姉ちゃんとティトにもあげる。横の小さい歯」

アレクは私たちにも歯をくれた。正直いらない、いや、彼の気持ちが嬉しいよ。

「ヨハネさんは奥歯」

なんと、ヨハネさんの分もあった。ヨハネさんは一瞬困った顔をしたが、そこは大人。すぐ笑顔になって受け取った。

ラスは前歯をハンカチで大事そうにくるんで、荷物に入れた。

「アレク、ありがとう。大切にしますね」

「おう。また遊びに来なよ」

「うん、必ず！」

こうして私たちは、それぞれリスの歯を持って首都への道を歩き始めたのだった。

帰り道、みんなで今回の思い出話をしながら歩いた。

里帰り、楽しかったな。明日からまた頑張るエネルギーをもらった感じ。

私の卒業課題のテーマもだいたい固まった。魔力についていくつか実験をして、その結果をまとめよう。

さあ、新しい年が始まるぞ！

小話「その頃のフェリクスの屋敷」

いつもはにぎやかなリビングに、ティベリウスとオクタヴィーだけがくつろいでいる。

「オクタヴィー、ゼニスがいなくて寂しいかい？」

「まさか。うるさいのがいなくて、せいせいしてるわよ」

彼女はそう言うが、ゼニスたちの帰宅日を気にしているのをティベリウスは知っている。

「お前の子供嫌いもずいぶん改善したね。あの子のおかげかな？」

「……まあ、『子供』の一括りで避けていたのは、少しだけ反省してるわ。少しだけ」

オクタヴィーから見たゼニスは、不思議な子供だった。やけにしっかりしていたり、包容力すら感じる時もある半面、間が抜けていてバカみたいな失敗もする。

当初ゼニスを避けていたオクタヴィーに対して嫌う素振りも見せず、師匠と呼んで懐いてくる。

ランティブロス王子の持病を見事に鎮めて見せたと思えば、五歳の王子と同レベルで追いかけっこをしていた。

「変わった子よね」

「そうだね。頭はかなりいいと思うが、残念なことに腹芸は苦手なようだ。素直すぎる。貴族社会には向いてないね」

「いいんじゃない？　政治関連の人材は他にもいるでしょ。あの子は魔法で才能を伸ばして、貢献してもらえば」

「うん。最低限だけ社交をやらせて、後は彼女の適性に任せよう」

フェリクス本家も慈善事業で分家の支援をしているわけではない。才能を見つけたら拾い上げ、本家に貢献させるのが目的だ。

様々な利害と思惑が絡み合う貴族社会で、自らの勢力を伸ばすのに必要な処置だった。

「俺としてはやはり、オクタヴィーの後輩が出来たのが嬉しいね」

「魔法使いは数が少ないものねぇ。もっとも、それだけ利益の独占も狙えるわ。見てなさい、この分野でフェリクスを一番にしてみせるから」

「期待しているよ」

兄妹はよく似た眼差しを交わし合う。彼らの瞳には、野望と責任感と、自信に満ちたプライドが滲んでいた。

魔力実験

魔法学院では、魔力は生き物に宿る特別な力とだけ説明された。あまりにもフワフワな概念である。これをもう少し突き詰めてみよう。

魔法を発動する時、魔力が引き出されて消えるのは体感として分かる。

多くの場合、魔力は手に集める。そして呪文を唱えると魔力が引っ張り出されるような感覚があり、魔法が発動する。

だから魔力が存在しているのは間違いないのだが、これは一体どんなものなのか。

前世のゲームなどではＨＰとＭＰは独立していたが、ここではどうだろう。

とりあえず私は『魔法を連続して使うと疲れる』という点に着目してみた。

魔法を使うイコール魔力を消費する、を、何度も続けると疲労感を覚える。それでも無理して続けたら、倒れたり気絶したりする。

　ということは、魔力は体のエネルギーを使って生み出すものなのだろうか？

　でもまだ決め打ちは出来ない。

　例えば、呼吸。呼吸は酸素を細胞に取り込みながら、筋肉や脂肪に蓄えられたエネルギー源を消費して、運動や生命維持の力を生み出す。細胞の中でエネルギーを生み出すのは、ミトコンドリアだったっけ。

　これを魔力に置き換えて考えると、どうだろう？

　体を動かすエネルギーは酸素とミトコンドリアが必須だが、魔力にも酸素が必要なのか？

　それとも魔素的なファンタジーな何かが空気中に漂っていて、それを取り込んでいるとか??

　ミトコンドリアも魔コンドリアみたいのがいるとか……？

　ううむ、たとえそうだとしても、そこまで高度なことは私の知識レベルとこの国の科学技術じゃ確かめようがないや。

　とりあえず、自分で出来る範囲で確認することにした。

　まず、魔力の消費は本当に体の力を使っているのか、確かめたい。

　計画はこうだ。

　一週間サイクルで食事のメニューを統一し、活動する内容を変える。

　一週目はひたすら魔法を使う。限界まで使う。そして、運動はしない。

　二週目は魔法を封印し、とにかく体を動かして運動する。

三週目は魔法も運動もしない。何もしないでだらけまくる。

これで体重の増減を見ようと思う。摂取カロリーをなるべく同じにして、行動内容でどれだけ体に変化が出るか見るのだ。

ちなみにユピテルでは体重を量る習慣がなく、当然、体重計もない。

ただし秤ならある。竿秤《さおはかり》と呼ばれる天秤の変形みたいな秤で、大きさは大小さまざま。竿秤はテコの原理を使う秤だ。目盛りのついた竿の一方に量りたい物を吊るし、もう片方に分銅を吊るす。分銅を左右に動かして、釣り合った場所の目盛りを見れば重さが分かるという仕組みになっている。

据え置き型の大きい秤なら、人間の体重も量れると思う。普段は小麦の大袋の重さを量ったりするやつである。

が、問題が一つ。

今の私は八歳女児。育ち盛りである。体の成長がデータをぶれさせてしまうかもしれない。なるべくなら体が安定している成人でテストしたい。

これは魔法使いにしか頼めない仕事だ。そこで私は師匠に実験体となるようお願いしてみた。

「嫌に決まってるでしょ。三週間も拘束されるなんて冗談じゃないわ」

と言われた。うん、分かってた。

他に頼める魔法使いの知り合いはいない。仕方ないので、自分自身でデータを取ることにする。

まずは一週目、魔法がんばるウィークからスタートだ。

お屋敷の中庭に出て、基本の魔法を色々と使ってみる。

『清らかなる水の精霊よ、その恵みを我が手に注ぎ給え！』

毎度おなじみ、水を出す魔法だ。無駄撃ちするのはもったいなかったので、庭のお花の水やりを兼ねてみる。

『優しき風の精霊よ、宙を舞う力を巻き起こし、我が手から放ち給え！』

微風の魔法である。私の手を起点に風が起きて、中庭の空気をクルクルとかき混ぜた。

風の魔法はもっと強いのもあるが、庭の草花を吹き飛ばしたら大変。微風にしておいた。

「わぁ！　ゼニス姉さま、すごいです」

見物していたラスが、にこにこ笑いながら手を叩いてくれた。

「えへへ。そう言ってもらえると、張り切っちゃうよー」

魔法を使うのは面白い。見物人の反応が良ければなおさらだ。

『母なる大地の精霊よ、御身の身体を低き壁として、ここに隆起させ給え』

中庭の地面を触って呪文を唱えれば、三十センチ四方の土が盛り上がった。ラスとかわりばんこに上に乗って、飛び跳ねてみる。

土系の呪文はちょっと不思議なんだよね。石つぶてを生み出して射出する魔法もあるけれど、どちらかというと地面を操作するものが多い。

うん？　でもよく考えれば、風も操作みたいなものか。気圧差を生み出して風を作っているのか、空気を何らかの形で動かしているのか。

魔法は呪文を唱えてイメージをしっかりやれば発動する。それなのに術者本人にさえ魔法で起きた現象の原理が分からない。この辺りも、いずれ解明しなくては。

こんな調子で毎日魔法を使いまくった。だんだん疲労が溜まってくるのを感じる。

そして三日目。

いつものようにラスとティトが見守る中、中庭で呪文を唱える。

『優しき風の精霊よ……⁉』

魔法語の呪文の途中で、私は急に頭痛を覚えた。脳みそをギュッと絞るような、なかなかにヘビィな痛みだった。痛みに視界がぐらりと揺れる。

『……空を駆け抜ける、突風を、我が手から……』

無理に呪文を続けると、痛みが増した。でも、あとワンセンテンスで魔法が完成する。やってしまおう。

『放ち給え…………オエェェェエ』

手のひらから突風が生まれると同時に、私は膝から崩れ落ちて吐いた。突風は中庭を吹き抜けて、柱にぶつかって消えた。

「ゼニスお嬢様！」

「姉さま！」

ティトとラスが駆け寄ってくる。

「大丈夫ですか？」

ラスが背中をさすってくれる。ティトは布を取り出して、私の口元を拭いてくれた。

あぁぁ、朝ごはんに食べた豆のスープを戻してしまった。もったいない。

奴隷の人がやってきて、吐いたものを片付けてくれる。申し訳ない……。

「急にどうしたんですか。さっきまで元気だったのに」

ティトが心配そうに言う。ゼニスの身体は健康そのもので、最近は風邪もめったにひかない。吐いたのは何年ぶりか分からないほどだ。そのせいで余計に心配をかけてしまったらしい。

「うーん、私にもよく分からない。呪文を唱えていたら頭が痛くなって、それでも無理やり魔法を発動させたら吐いちゃった」

「そういう時は、無理をしないですぐにやめて下さい！」

「本当ですよ！」

「はい。ごもっともです」

ティトにもラスにも叱られてしまった。

しかし頭痛と嘔吐というのはヒントになる。魔法を使うと脳みそに負荷がかかるのかもしれない。となると脳内物質がアレしてコレだろうか？

いや、なんだよアレしてコレって……。

前世で人体の不思議的なテーマは好きだったのだが、もちろんただの素人の興味レベルだ。アレしてコレってのがさっぱり分からない。ただ脳みそというのは色んな伝達物質？　の放出体や受容体があるし、体とも密接に繋がっている。と、テレビで見た記憶があるのでメモっておく。

やはり、魔力は体内で作られる物質ないしエネルギーの一種では？　と仮説。

四日目以降は吐かない程度に自重して、一週間を終えた。体重はちょっと減っていた。

吐いた分を差し引いても、やはり魔法はカロリーを消費する。と仮の結論。


二週目。運動ばりばりウィークである。

実は、前世では運動音痴だった。小学校の頃、ドッジボールなどやろうものなら真っ先に狙われ、一度ボールを当てられたら二度と戻ってこられないコースであった。

けれど今は人並みである。ユピテルでは移動はひたすら歩くのがメイン。馬車とかもあんまり普及していないので、自分の足が頼り。イカレポンチ幼女時代は野山を駆け巡っていたこともあり、足腰は丈夫で体力もまあまあある方だ。

で、先週お休みしてしまった分、ラスといっぱい遊んだ。

里帰りから帰ってきたラスはますます元気で、毎日お屋敷の中を走り回っている。何でも、次にアレクと会う時は駆けっこで勝ちたいんだそうだ。

「一回も勝てなくて、くやしかったんです。速く走れるようになって、びっくりさせてやります」

と、キリッとした顔で言っていた。頼もしいね。

ヨハネさんも引っ張り出して、お屋敷の外を散歩やジョギングもした。

ただこれらの運動は有酸素運動なんだよなー。筋トレとかも織り交ぜたらいいのでは？　と思って、一つ前世を思い出した。

死ぬ少し前に流行していた、リングにフィットするアドベンチャーなゲームである。

ブラック社畜でプライベートなどほとんどなかったせいで、お金だけはそこそこ貯まっていた。それで当時の私はあのゲームを一式買い、ろくにやる暇も体力もないまま終わった。

というわけで覚えているのは序盤のみだが、ちょっとエアプレイをやってみよう。

両手にエアリングを構え、モニタがあるつもりで中庭に立つ。えーと確か、最初のボスは樹木のポーズが効果ばつぐんだっけ。

ぐいーっとポーズを決めていると、通りかかったティトが険しい顔で近づいてきた。

「ゼニスお嬢様。その変な動き、まだやってるんですか」

と、ティト。

「え？　まだってなに？」

私はエアモニタの中の中ボスに樹木のポーズで攻撃を仕掛けながら聞いた。

「小さい頃にやっていらしたでしょう。『じゅーもーくのポーズをくらえー！』と叫びながらあたしをぽかぽか叩いたの、覚えてませんか。四歳くらいの頃です」

「……ごめん、覚えてない」

「このお屋敷の人を叩いたら駄目ですよ。エラルの家の使用人と違って、ゼニスお嬢様が主人ではないんですから」

「分かってるよ、叩くはずないって。てかティト、よく覚えてるねそんな昔の話……」

「叩いた方は忘れても、叩かれた方は痛みを忘れないものです」

「本当にごめんなさい」

イカレポンチはこれだから！

ティトはそのまま私のそばで見張りのように立っている。私はエアプレイがだんだん気まずくなってきた。しかも私が覚えているのはごく序盤だけで、樹木のポーズ以外はきちんと決められないのである。

私は諦めてエアリングを手放し、台所へ水を取りに行こうとした。

「お嬢様、どちらへ？」

「台所でお水もらってくる」

「そういうことこそ使用人をお使い下さい。貴族のゼニスお嬢様が厨房へいきなり入ったら、料理人が嫌がりますよ」

「はい」

私は大人しくうなだれて、ティトが持ってきてくれた水をごくごく飲んだ。素焼きの水差しから木製のゴブレットに注がれた、水道の水である。井戸水もあるが、首都では水道も通っているのだ。

その後、前世をだんだん思い出した私は、調子に乗って黒人隊長のブートキャンプとか、美容雑誌に載っていたキレイ痩せヨガとか、片っ端から試してみた。

するとと今度はラスとヨハネさんが通りかかった。ラスは不思議そうに、ヨハネさんはもろに不審者を見る目で見てくる。

「ゼニス姉さま、なにをしているんですか？」

「え？　えっと、これは……」

私はしどろもどろになった。冷静に考えてみれば、こういうエクササイズって知らない人から見たら奇行に映るんじゃないか。動きのヘンテコさはラジオ体操の比ではない。ヨハネさんの視線が痛かった。

「えっと、えっと、これは……魔法の訓練!!」

しまった。焦るあまり、とっさに訳の分からん嘘をついてしまった。

「そうなんですか！　不思議な動きだけど、魔法なんですね」

ラスの純粋な瞳がまぶしい。

彼らは、というか魔法使い以外の人々は魔法について何も知らない。ヨハネさんは疑問に思っているっぽいが、ラスは私を全面的に信じてくれている。

「僕もやってみたいです。そしたら、ゼニス姉さまみたいな魔法使いになれるでしょうか」

「この動きは上級者向きだから、ラスはやめておこうね」

この妙な動きを真似なんぞさせた日には、ヨハネさんの地獄のお説教半日コースが待っているだろう。

ラスは残念そうにうなずいて、お祈りの時間だからと部屋に戻っていった。

「お嬢様、嘘はよくありませんよ」

今まで黙っていたティトが、ジト目で言う。

「嘘じゃないよ！　魔法の実験でやってるんだから。昔みたいに、意味もなく変なことしてるわけじゃないもん！」

そうだ、そうだ。目的があってやってることだから、仕方ないのだ。

ティトはため息をついた。

「あたしはお嬢様の奇行に慣れていますが、他の方が見たら何と思うか」

奇行言うなし。でも確かに、他の使用人や奴隷の人、それに万が一ティベリウスさんにでも見られたら死ねる。私の羞恥心と社会的評価が。

とはいえ実験をやめるわけにはいかない。効率的な筋トレとして、これらの動きが有効なのも確かなのだ。

「ティト、どうしよう」

「やめるつもりはなさそうですね。では、魔法の実験と周りに知らせておけばいいのでは」

「おお！」

他の人たちは魔法を何も知らないものね。崇高な実験でやっていると予め言っておけば、ダメージはかなり軽くなる。

「そうする。ありがとう、ティト」

「どうも」

「……でも、終わるまで見張りを頼んでいいかな？」

ダメージ軽減されたって致命傷がいくらかマシになるくらいだ。できれば誰にも見られたくないわ！

力強くうなずいたティトに背中を任せ、私はまたリングな冒険のエアプレイを始めた。

なお翌日、筋肉痛で死にそうになった。さすが若々しい子供の体、筋肉痛が素早く来る。前世じゃ翌々日だったよ！

体重は言うまでもなく減っていた。


そしてようやくラスト三週目、怠けるウィークである。

二週間頑張った反動ってくらいに、ひたすらだらだらした。ラスとの追いかけっこもお休みして、彼が走るのを見るだけにした。

根を詰めない程度に書物を読み、お昼寝もする。食っちゃ寝である。

今日も中庭の回廊に寝椅子を出して、ごろごろ寝転がりながら魔法についての巻物を読んだ。

冬とはいえ、ユピテルは温暖な国。毛織物の服とショールを着込んで、毛布もかければ寒くない。

ティトはやることがないからと、お屋敷の使用人の手伝いに行った。ラスも今日はいない。

こうしてだらだらしていると、前世の学生の頃を思い出す。よくベッドで寝っ転がって本を読んだなあ。ポテチとか食べながら。

「おや、ゼニス。そんなところで何をしているのかな？」

呼ばれて目を上げると、ティベリウスさんが廊下を歩いてくるところだった。

えええ、なんで彼がここに。リウスさんの執務室と私室は別棟にある。だからすっかり油断していたのに。

私は飛び起きて居住まいを正した。

「魔法の書物を読んでいました」

「熱心だね。ここのところしばらく、たくさん魔法を使ったり、不思議な運動をしていたと聞いているが」

なんで知ってるの！　恥ずかしさで顔が赤くなるのを感じる。

「あ、あれは、魔法の訓練です！　決して奇行ではありません。理由があるんです。本当です！」

必死に言うと、ティベリウスさんは笑いを噛み殺している。

「使用人や奴隷たちの間で、『今日のゼニス様はこんなことをしていた』と情報を交換するのが流行っているらしくてね。ところが今週は寝てばかりいるから、具合が悪いのかと心配になって見に来たんだ」

「なんでそんなのが流行るんですか……」

思わずツッコんだ。珍獣扱いされている。私はパンダじゃないんだぞ。

このままティベリウスさんにまで珍獣と思われるのは嫌だったので、今回の実験を説明した。

「ふむ、活動の種類によって体重の増減を観察、か。面白い発想だね。

俺は魔法に詳しくないが、オクタヴィーからそんな話は聞いたためしがない。きみは今、とても斬新なことに挑戦しているのでは？」

「はい！　そのつもりでいます」

私はぶんぶんと首を振るようにしてうなずいた。やっと理解者が現れて、すごく嬉しい！

ティベリウスさんは穏やかな笑みを浮かべた。

「新しい道を切り開くには、時として周囲の反発を招くからね。まあ今回は、反発というほどではないか」

ただの珍獣扱いですな。

「ゼニスの意図が分かって納得したよ。魔法は長い歴史のある技術だが、素人目にも停滞しているように見える。きみが新しい風を吹き込むのを、期待しておこう」

「頑張ります！」

私が張り切って答えると、ティベリウスさんはうなずいて去っていった。

理解者を得た私は、さらに実験を続けるべく再び寝椅子に寝転がった。今はだらけるのが仕事なのである。

その後もだらだらウィークは続いて、一週間が経過した。一週間もこの状態で飽きるかと思ったが、ぜんぜん飽きないうちに終了となった。もうちょいだらけていたかったくらいだ。

私は根が怠け者のようだ。うん、知ってた。

体重は減った分をしっかり取り返して増えた。むしろトータルで増えた。

リビングで体重を書いた紙片を片手に微妙な顔をしていると、ラスが手元を覗き込んできた。

「数字がいっぱい。どうしたんですか？」

「体重を記録していたんだよ。魔法の実験で必要なの。でも、最後にいっぱい増えちゃったなーって」

「ゼニス姉さまは細いですから。女の子はもっとふっくらしていた方がかわいいですよ」

そう言ってニコッと笑った。文字通りの王子様スマイルだ……！

でも私は知っている。この国では、前世の日本と美の基準がちょっと違う。かなり太ましい方が美人とされているのだ。

食料事情とか生活レベルを考えれば、豊満さは富の象徴なんだろう。

別にそれは否定しない。健康に支障が出ないレベルなら太い方がいいくらいとも言う。

しかし前世のルッキズムに引きずられた私は、この一週間でついたお腹のお肉をつまんで、内心でため息をついた。


こうして、三週間に及ぶ実験は幕を閉じた。

結論として、MP的な魔力もやはり体の力を使っている。ミトコンドリアかどうかまでは分からないが、カロリーを消費する物理的な肉体に依存していると分かった。


魔力の実験はもう一つ計画している。

以前、オクタヴィー師匠に過去の卒業課題を質問したところ、『お尻から水を出す魔法』なるものを教えてもらった。

その時はただの冗談、ネタ魔法としか思わなかったのだが、よく考えればこれはけっこうすごいことではないか？

呪文を唱え終えて魔法が発動する時、魔力を集めた部位――たいていは手のひらや指先――から魔力が引き出される感じがする。

　ということは、お尻にも魔力が集められるということだ。

　手指は魔力を集めやすいと言われているが、それ以外の場所でも不可能ではないのだろう。

　ならば魔力は体のどこにでも集められるのだろうか。

『血の流れに乗せて』とは魔力操作の常套句である。血管が全身を巡っているように、魔力も体の中を移動しているのかもしれない。

　確かめる方法はすぐに思いついた。

　魔力に反応して光る乳白色の石、魔力石を全身に貼り付けて魔力の操作をすれば、動きが視覚的に見えるはずだ。

　そこで私は魔力石を買い集めた。

　一個だけは師匠が譲ってくれたのだが、今回の実験ではとにかくたくさん必要になる。

　魔法学院で取り扱っていると聞き、備品を管理している係のおじさんに聞いてみた。

「魔力石かい。うん、学生に販売もしているよ。一個、銀貨五枚だ」

「えっ」

　思いの外、お値段がお高かった！

　銀貨五枚は日本円に換算して、ざっくり一万円くらいである。

　実験に必要な数は、最低でも三十個程度を見込んでいた。さんじゅうまんえん……。

　以前、師匠からドライヤーの魔法のアイディア料で金貨六枚をもらった。金貨一枚は銀貨十枚分。

つまり全部で銀貨六十枚。

けれど必要個数の魔力石三十個のお値段は、銀貨百五十枚。足りない。半分にも満たない。ど、どうしよう。今の私にはお金を稼ぐ手段がない。しかも締切もだんだん近づいていて時間の余裕もない。

師匠にお金を無心する、のは、最終手段にしたい。まずは自分で何とかしないと。

「なんでそんなに高いんですか。魔力を測る以外に使い道ないのに」

思わず文句を言ってしまった。

「そりゃそうだが、産出量も少ないんだよ。というか、たいして必要とされていないから流通もしていなくて、在庫も少ない。お嬢さんみたいに大口の購入があっても、言い値で買ってもらうしかないねぇ」

需要も供給も少なすぎるせいで、融通がきかないようだ。くっそー、盲点だった。

でも、魔力の動きを見る実験は絶対にやりたい。諦める訳にはいかない。

必死で考えて、一つ思いついた。とりあえず、手持ちのお金で買えるだけの石を買う。合計で十二個。

十二個の小さな石を大事に大事に胸に抱えて、フェリクスのお屋敷に戻った。

さて、元々持っていた一個と合わせて、魔力石は全部で十三個。全身に貼り付けるのを考えると、全く足りない。

思いついた考えは、石を割って数を増やす……である。

三十個以上は欲しいので、三分割すれば何とかなるだろう。

ただこれ、割ってしまってもちゃんと魔力に反応するだろうか？

一個、銀貨五枚の高級品だ。無駄にはとてもできない。

とりあえず一個だけ割って確かめる。

親指の爪くらいの小さい石だから、なかなか難しい。ノミとハンマーを借りてきて、敷き布を広げた上でエイヤッと割った。お値段を考えるとても緊張した。

細かい破片が飛び散ったが、だいたいうまい具合に割れた。なんか、断面が平らなのとでこぼこなのがある。これ何だっけ、へき開？　一定方向によく割れるみたいなやつ。原子の結合が弱い方向があって、云々。

ほら、雲母みたいな鉱物は一定方向にきれいにパキッと割れるよね。その現象。

それはともかく、多少歪な三分割になった魔力石のかけらを手に取り、指先から魔力を流してみる。ちゃんと白く光った。光り方が弱いということもない。これなら使えそうである。

ティトに手伝ってもらいながら、次々と割った。銀貨五枚が砕けていく様子に、ティトは非常に悩ましげな顔をしていた。私だって心が痛い、仕方ないんだよ……。

途中からコツが分かってきて、へき開面に沿ってきれいに分割できるようになった。

飛び散った粉みたいな極小のかけらももったいないので、きちんと集めておく。

さて次に、糊で体に貼り付ける。糊は小麦粉から作るでんぷんのりだ。パピルスっぽい紙の繊維接着によく使われているそうな。

フェリクスのお屋敷で書類関係の係の人が持っていたので、分けてもらった。

自室で服を脱ぎ、全身ベトベトになりながら魔力石を貼り付けた。ティトが手伝ってくれたけど、ドン引きしている様子だった。

「お嬢様……。せめて下着はつけたらどうですか？」

「だめだよ。お尻も重要だもの。これは大事な実験なの、露出趣味とかでは断じてないから！」

自分で言っておきながら、露出趣味というワードが微妙に心をえぐった。気にしないことにする。

というわけで、全身の主だった場所に魔力石の貼り付けが完了した。

次は魔力を流す。

まず、ゆっくりと手指に魔力を集める。利き手、右手だ。呪文は唱えない。全身でんぷんのり状態で水の魔法を使おうものなら、大惨事だし。

手先の石が光る。自分で見た範囲では、肩口から光が順に灯っていった。

「ティト、どう？」

「額の石が最初に光りました。次に喉、胸、腕で、最後に手の先の方です。光はだんだん強くなった気がします」

ほほう、額、頭部から魔力は来るのか。魔法を使いすぎると頭痛が起きるが、やはり頭部は重要な場所だったようだ。

それで、頭から魔力が流れるように進むのね。しかも徐々に強くなりながら。

何度か同じように右手の先に魔力を集めたが、全て同じように石が反応していた。

「じゃあ次。お尻に魔力を集めてみるね」

「……はぁ」

ティトはちょっとうんざりしたような顔をしながら、私の後ろに回った。

お尻に魔力を集中させるのは、初めてだ。普通あえてやろうと思わないわ。発想が男子小学生レベル。最初にやった人はある意味で大物といえよう。

しかし実験なので必要である。額の起点を意識しながら、体の中央を通してお尻へ。

「……光りましたね……」

ティトがぼそっと言った。うんごめん、あえて光るお尻なんて見たくないよね……。

確かに魔力が集まっている感じがする。ここで呪文を唱えれば、お尻から魔法が発動するだろう。

ちょっと試してみたい気もするが、また今度にしよう。

「手の時と同じく、頭から順に背中、お尻というふうに光っていましたよ。でも何だか、手より強く光っています」

「お？」

そういえば、体の中心を魔力が通った時に、わずかに加速したような感覚があった。特に心臓あたりとお腹らへん？

頭部の起点と同じように、そこも要所なんだろうか。心臓はもちろん重要な臓器だし、下腹部も丹田とかで有名だよね。

「もう一度、いろいろ意識してやってみる。光の確認お願い」

「はい」

頭部、脳を起点に心臓を通り、下腹部へ。

魔力の流れ道をイメージしながらやると、要所を通る度に魔力が明らかに増加・加速した。体が熱い。特にお尻が……！

「強く光っています！」

ティトの驚いたような声が、背後からする。

やや薄暗い室内で、後ろから白い光が私を照らしている。すごい！

光ってるのお尻だけど、すごい!!

いやでも、お尻ばっかり熱くて困る！！！

あれ？　と、ふと思った。これ、どうしたらいいんだ？

手に集める魔力は、集中を解けば勝手に消える。けれど今は、お尻に大量の魔力が集まっている状態だ。集中をやめると暴発しそうな気がする。

つまりお尻爆発……？　嫌すぎる、勘弁してよ！

やばいやばい、このお尻の魔力を何とかして散らさなければ。

ええと、頭から体の中を通って魔力が集まったんだから、さらに移動させることもできるはずだ。

落ち着いて、さらに魔力を動かそう。まずお尻からもう一度、下腹部へ。

げぇ、まずい、またもや魔力の勢いが増したっぽい。お腹がめちゃくちゃ熱い。

これ以上加速させたらだめだ。心臓を避けるように動かして、右手へ。

『清らかなる水の精霊よ、その恵みを我が手に注ぎ給え‼』

とっさに一番慣れた水の呪文を唱えた。右手の魔力がほんの少し減って、水が噴き出る。頭から水をかぶったけど、そんなの気にしている余裕がない。

だめだ、こんな量じゃとても減らしきれない。もっとたくさん魔力を消費する魔法を使わないと。

えーとえーと、まずい、私が知っているのは初歩的な魔法しかない。魔力の消費量はさっきの水といい勝負だ。

――いや、一個だけある！　師匠が作ったドライヤーの魔法だ。完成した時に見せてもらったんだった。

あれは風と熱を同時に使うせいか、魔力をやや多めに使う。そこまでの消費じゃないけど、初歩魔法よりはマシだ。

『自由なる風の精霊よ、火の精霊とともに踊り、その交わりの熱き風を我が手より放ち給え！』

ぶわっと熱い風が巻き起こった。それなりの量の魔力が引き出されて霧散する。後ろでティトが悲鳴を上げている。

制御可能なレベルまで減少した魔力を、何とか分散させるようにして薄めて消した。

「ごめん、ティト！　大丈夫⁉」

「ええ、別にケガとかはないです、けほっ」

慌てて振り返ると、尻もちをついて髪を乱れさせたティトが咳き込んでいた。熱風を吸い込んでしまったのだろう。

顔が赤くなっていたが、火傷はない。水差しの水をコップに注いで飲ませたら、落ち着いたようだ。

「本当にごめん。こんなことになるとは思ってなくて……」

「いいですよ。昔の暴れん坊お嬢様の仕打ちに比べたら、大したものではありません」

ちょっとかすれているけど、声もちゃんと出ている。大丈夫、かな？

「それより、すごい光でした。まぶしいくらいで」

そう言いかけたティトは、言葉を切った。

うむ？　どうした？

と、言おうとして私も気づいた。

全身に塗りたくっていたでんぷんのりが、なんか変なことになっている。白っぽい半透明でぷよぷよだ。

「なんじゃこれ……」

引っ張ってみたら、少しばかり伸びてちぎれた。表面は案外べたついておらず、肌からきれいにはがれる。

あと、割って小さくした魔力石が消えている。ていうか糊に溶けちゃった??

そういえばこの白っぽい感じ、魔力石の色に似てるなぁ。

水の魔法で水分を足した直後に熱風で熱せられて、おかしな化学反応でも起こしたのか？

でも、熱風はやけどしない程度の熱だったし、魔力を大量に流したのも関係している??

分からん。

とりあえず謎の白ぷよは後で調べよう。

今回の実験では、予想以上の収穫があった。

魔力は全身を巡り、特に頭（脳？）、心臓、下腹部に要所がある。

それらを意識して魔力を動かす、回すことで魔力量が増える。まるで回転することで強まるモーターみたいに。

単に体の中での魔力の動きを確認するだけのつもりだったのに、思ってもみない結果が得られた。

「ティト、すごい発見だよ！」

私は興奮して立ち上がり、彼女の肩をばしばし叩いた。

魔力の不思議に一歩近づけた感じがする。

要所を含む魔力の通り道、そう、某ゲームにならって魔力回路とでも名付けようか。魔力回路をさらに調べていけば、もっと魔力を高めたり操作を精密にしたりできそうだ。そうなれば魔法そのものの扱いも変わってくるかもしれない。

「大発見だ！　師匠に知らせないと！」

喜び勇んで走り出そうとした私の手を、ティトがぐいっと引っ張った。白ぷよがぷにっとした。

「ゼニスお嬢様、その格好で外に出るつもりですか。服を着てください」

「あっはい」

今の私は全裸に白ぷよ状態であった。

あやうく本物の露出狂になるところだった。ティトには感謝してもしきれないほどの恩ができてしまった……。


その後、きちんと体を拭いて服を着て、師匠に顛末を報告したのだが。

彼女の反応は期待していたものと違った。「ふーん？」くらいの薄さなのである。

ユピテル人は即物主義だ。だから新発見は分かりやすく『何かの役に立つ』と示せないと、あまり興味を持ってもらえない。概念的だったり基礎研究のようなものは受けが悪いのだ。

あと、オクタヴィー師匠の本質は研究者とか学者というより、貴族的な政治家や実業家なのではと感じた。たまたま魔力が高いから魔法使いをやっているだけで。だからますます、即物的にものを見るのだと思う。

私はがっかりしたが、こういう基礎的な追究だって重要だと前世の知識として知っている。ただまあ、新魔法開発などに比べれば地味ではある。

諦めないで頑張ろう。

そうそう、謎の白ぷよは時間を置いてもぷるぷるを保っており、前世で言うところのシリコン粘土みたいな感じになった。

魔力に反応して光る性質を引き継いでいたので、その後もちょいちょい実験で使った。

今のところ他の使い道を思いついていないが、魔力と水や熱による反応の結果として記録しておいた。

卒業課題はこの一連の実験の結果をレポートにまとめることにした。

その他、補足的に細かい実験や考察も盛り込んで、なかなかの一本が書き上がった。

題して『体内における魔力の発生と挙動について』。頭部、心臓、下腹部の要所を通る魔力回路についても書いたよ。

師匠を含めた魔法学院の反応は薄めだったが、それでも合格が出た。

季節は春。魔法学院で学んで一年と少し。

ついに私も、魔法使いになったのだ！

第Ⅳ章

魔法の商売

ユピテルの街並み

この世界の魔法や魔法使いは、一般的にあまり知名度がない。

魔法使いの人数が少ないのと、魔法の効果が限定的なのが理由だ。

ユピテル人は建築物が好きで、何かの記念とかによく公共設備を建造する。公衆浴場然り、神殿然り、フォルムと呼ばれる公共の回廊広場然りだ。究極的には街道や上下水道なんかのインフラもそうだね。

これらの建築物は石造りだから、何百年も残る。功績者の名前を残して、長い間みんなの記憶に留めるのが立派な行為だと思われている。例えば私が私費を投じて浴場を造ったら、ゼニスの浴場と呼ばれるわけだ。

反面、魔法語の呪文を唱えて発動させる関係上、魔法の効果はその場限りのものばかり。後に残らない。

魔法使いの人数が少ないのも相まって、そもそも魔法というものが知られていない。

ファンタジー世界によくある、魔道具や魔剣なんかがあれば違っただろうに、この世界にそういうのはないのである。

というわけで、魔法使いは就職先も限られる。

一．魔法学院に研究職、兼、教員として残る。

二．軍に入隊。

三．実家の家業を手伝う。

四．フリーの魔法使いとして便利屋的なことをする。

だいたい以上である。

一はオクタヴィー師匠がそれ。新しい魔法の活用方法を探りつつ教師もやる。研究者、教員どちらも片方だけでやっていくのは難しいくらい、魔法業界は小さいのだ。

二が人数として一番多い。魔法は水を出したり火を起こしたり、風を操作したりと軍隊の行動と相性がいい。

ユピテルの国軍は志願制の職業軍人から成り立っていて、魔法使い枠もある。軍人の仕事は過酷だけど名誉ある職とされており、満期除隊をすると特典がいろいろついてくるため、人気も高い。特典はお金や土地をもらえたり、ユピテル市民権を持たない属州民であれば市民権を取得出来たりといったところ。
三、もともと首都の魔法学院に通う学生は、実家が裕福な場合が多い。それで卒業後は実家に戻って家業に携わる。うまいこと魔法を生かしている人もいれば、ぜんぜん魔法関係ない仕事をしている人もいるらしい。
四は、本当に何でも屋。キャラバンの護衛兼補給係をやったり、ひどいのになると野盗崩れになっていたりする。

私は当然、学院に残る道を選んだ。だって私の魔法使いライフはこれからだからね！

ただ、そうなると収入にかなり困る。魔法学院の教師は今は満枠で、新人の私の出る幕はなかった。というか教師が子供では威厳の面でまずいようだ。そりゃそうか。

有用な新魔法を開発すれば学院が買い取ってくれたり、自分で売り込んだり出来るのだが、今の私じゃ買い叩かれそうである。フェリクスを頼る以外にコネもない。

九歳になった私は、年齢的にはまだまだ子供。けれど、いつまでもフェリクス本家のすねかじりをしているわけにもいかないだろう。

でも今はせいぜいオクタヴィー師匠の雑用を手伝うくらいで、大したことができていない。

師匠は「私の手伝いをして、時々いい魔法のアイディアを出してくれれば、当面はそれでいいわよ」と言ってくれているが、どうだろう。おんぶにだっこじゃ中身アラフォーとしてはやるせないというか、もっと色んなことをやりたいというか。

とはいえ、アイディアを実証するために実験などをしようと思ったら、経費がかかる。この前の魔力石でよく分かった。

実は魔法学院に在籍を続けるにも会費が必要で、金欠の私はそれを払ったらすっからかんになってしまった。おかげで賃料が払えず、自分の研究室が持てなかった。学生時代と同じように図書室の一角に陣取って研究をしている。悲しい。

何とかして自活の道を探らなければ……。

季節はそろそろ夏。

ユピテルの夏はお日様がカッと照りつけて、あまり雨が降らない。おかげで湿度は低めで、温度の割には過ごしやすい。

まだ盛夏よりは涼しいので、私は街歩きをしてみることにした。ユピテルの文化に触れるのと、アイディア探しを兼ねて。

九歳の私と十三歳のティトの少女コンビだけでは、安全上ちょっと心配。

お屋敷の人に付添いを頼もうと思ったら、ラスとヨハネさんが来てくれることになった。強面のヨハネさんがいてくれれば安心だ。

そんなわけで、フェリクスのお屋敷のある高台から街へと下りる。

時刻はまだぎりぎり朝と呼べる時間。日差しもそんなに強くなく、過ごしやすい。

閑静な高級住宅地と対照的に、ユピテルの市街地はとても賑わっている。

広い石畳の大通りの両側にお店の軒が連なって、あちこちで呼び込みの声やら通行人の大声の会話やらが飛び交っている。

おや。よく見ると商店の間に時々、小さな門がある。

「あそこから上の階の住宅に入るんですよ」

ティトが教えてくれた。使用人仲間で通いの人が、ああいうアパートに住んでいるんだそうだ。

低層の方が造りがしっかりしていて、高層は木造。上の階に行くほど貧しい人が多いとのこと。

日本と反対だね。

大通りから裏路地を覗いてみると、表通りの立派な様子が嘘のように薄暗く、狭い道が入り組んでいた。路地の奥の方には、建物の間に渡されたロープに洗濯物が干してある。石畳はすぐに途切れて、むき出しの土が土ぼこりを舞わせている。生ゴミのような臭いまでした。

薄暗い中に人影も見える。あまり人相がよろしくないタイプだ。

だいぶうさんくさい雰囲気だったので、裏路地に入るのは諦めた。ヨハネさんもユピテルの地理に詳しいわけじゃないし、ラスもいる。万が一犯罪に巻き込まれたら大変である。

表通りと、比較的きちんとした道を進んでいたら、広場に出た。

列柱回廊が長く連なる屋根のない公共広場、『フォルム』だ。たくさんの人々が行き来していて、露店や屋台も目立つ。柱の間にロープを渡して商品が吊るされていて、何を扱っているのかすぐに分かる仕組みだった。

ナツメヤシやくるみ、プラムなんかのドライフルーツを盛った籠が並べられていたり。豆を何種類も揃えているお店もある。

その横では銅細工の職人がハンマーを振るって、お鍋の修理をしている。その先にあるのは布屋さんかな？　仕立てもしているようだ。

「にぎやかですね！」

ラスが興奮気味に言った。今まであまり外出をしてこなかったから、新鮮なんだろう。

「シャダイの国のバザールを思い出します」

ヨハネさんも微笑んだ。

バザール、そうだね、ここは西洋というよりインドや中東の市場みたいだ。大通りは直線的で整理されていたのに、ちょっと歩くとこの混沌っぷり。不思議な街である。

私たちは露店をあちこち冷やかしながら歩いた。お店の合間、合間に小さな祠《ほこら》があって、花輪やお香が供えられていたりもする。どれも手入れが行き届いている。ユピテルは宗教的にゆるい国だと思ってたけど、市民の日常に信仰は根付いているんだね。

ティトが小物屋さんで足を止めた。視線の先には可愛らしいお花の髪留めがある。お値段は大銅貨二枚か。

お小遣いで買える値段のはずだけど、彼女は迷った末に首を振った。ううむ、ティトにもそんなにお給料払えてないからなぁ。

「ゼニス姉さま、髪留めが欲しいんですか？　僕が買いましょうか。プレゼントします」

私が微妙な顔で小物屋を見ていたせいで、ラスが気を遣ったらしい。小国とはいえ王子様なので、それなりの余裕はあるんだろう。

「いいよ、いいよ！　ラスは自分が欲しいものを買っておいで」

「そうですか……？」

こんな小さい子に気を遣わせるとは、世知辛いね！

ティトと二人でこっそり、情けない苦笑を交わしたよ。

それからしばらく見物して、ちょっと喉がかわいてきた。すぐ向こうにちょうどよく、屋台の軽食屋さんが出ている。

小ぶりの水瓶みたいのとカップが置いてあるので、飲み物もあるだろう。

「あそこで飲み物を買おう」

「はい」

こうして何気なく寄った屋台で、思わぬ出会いがあったのだ。


「飲み物は何がありますか？」

「いらっしゃい！　飲み物ならワインの水割り、それに果物シロップ水があるよ。ワインの水割りにシロップを入れてもいいぜ！」

屋台を切り盛りしているのは、まだ年若い少年だった。十三歳のティトと同じくらいに見える。日によく焼けた褐色の肌の、黒い髪をした男の子だった。

瞳も黒が濃い。もしかしたら、南方の血が入っているのかもしれない。

「じゃあ、ワインの水割り一つ。それからシロップ水を三つ下さい」

「毎度あり！」

代金を受け取ると、彼は屋台に積んであった水瓶のふたを開ける。ワイン、水がそれぞれ入っていた。

一つのカップにワインと水、残りの三つに水を入れ、水だけの方には小さな壺からシロップを追加して差し出してくれる。

カップは使い込まれた銅製で、持ち手のところに紐が結わえてあった。盗難防止だろう。椅子席などはないので、その場で飲む。ワインがヨハネさん、子供組はシロップ水だ。シロップはオレンジを煮詰めたもので、爽やかな味だった。

「おいしいです」

ラスはニコニコしているが、私はちょっぴり不満だった。水がぬるくて冷えていないのだ。冷蔵庫があるわけでもなし当たり前なのだが、初夏の日のドリンクはキリッと冷えていた方が美味しいではないか。

「みんな、飲むのちょっとストップしてね。氷を入れよう」

それぞれカップを乾杯するように近づけてもらい、呪文を唱える。

『小さき氷の精霊よ、その息吹を微細なる欠片として、我が手より放ち給え』

かざした手から小さい氷の破片がぱらぱらと落ちて、カップに入った。ちょっと薄まってしまうけど、これで冷たいドリンクになる。

この氷の魔法は、呪文の語句を一部変えることで氷の大きさや量を決められる。攻撃魔法として射出も出来る、汎用性の高い魔法だ。

「おいしい！　姉さま、冷たくなるだけで、すっごくおいしいです」

「街角で冷たい飲み物が飲めるとは、贅沢ですな」

ラスが喜んでくれた。ヨハネさんもカラカラと氷を鳴らしながら、ワインを飲み進めている。

「お嬢様の魔法も捨てたものではないですね」

と、ティト。相変わらず辛辣な口調だけど、氷のかけらを噛みながら言っても迫力ないからね？

私は得意な気持ちになりながら、シロップ水を飲んだ。ひんやりしてて、喉越しさわやか。

と。

「飲み物が冷えてるって？　そんな贅沢なものがここにあるのか？」

「冷たい水だなんて、汲みたての井戸水なの？　飲みたいわ」

気づいたら、周りにちょっとした人だかりが出来ていた。

しまった、調子に乗って騒ぎすぎたか？　さっさと退散した方がいいかもしれない。

見れば、ラスのコップはまだ半分くらい残っている。この子は飲食がゆっくりだからなあ。

無理に急かすのはしたくないけど、仕方ない。何ならまた後で、氷入りのドリンク作ってあげよう。そう思ったのだが。

「冷たい水をくれ」

「あたしはワイン割りがいいわ」

「俺も水割りワイン」

時すでに遅し、少年の屋台に人が集まり始めている。

思わぬ来客ラッシュに戸惑っている少年と、コップを返そうとした私の目が合ってしまった。

「魔法使いのお嬢ちゃん、助けてくれ！　ここでぬるい水を出したら、俺、きっと吊るし上げられちまうよ」

おお、さすが首都の住民。魔法も魔法使いもきちんと知っている。

いやいや、そうではなくて。私は慌てて逃げを打った。

「いやあ、そこまでのことはないと思うよ。私これで帰ります～ごちそうさま～」

「待ってくれ！　お願いだ、見捨てないで！」

振り切ろうとしたのに、なんか人聞きの悪いセリフを大声で叫ばれた。

その声を聞きつけて、さらに人が集まってくる。

「なんだ、なんだ」

「修羅場か？」

「冷たい水があるらしいわよ」

「こんな広場の真ん中で？　どれ、ひとつもらおうか」

いかん、収拾がつかなくなってる。わちゃわちゃと人に揉まれてフリーズしかけた私の手を、屋台の少年が取った。

「さあ皆さん！　この小さな魔法使いのお嬢ちゃんが氷を出して、冷たい飲み物を作ります。順番に並んだ、並んだ！」

うわ、こいつ商魂たくましい！

握られた手はヨハネさんがすぐに取り返してくれたけど、こうなったら逃げるのも難しい。

「お嬢様、どうします？」

「どうもこうもないよ。仕方ないから、今だけ氷係やる。ヨハネさんと一緒にラスのことをお願い」

なるべくさっさと客をさばいて終わらせたい。

「水割りワインは一杯大銅貨二枚！　シロップ水は大銅貨一枚半だ！　冷え冷えでおいしいよ‼」

少年が威勢のいい声を出した。それ、さっきより値上がりしてるぞ？　ちゃっかりしてるなあ……。

私は諦めて、早口で何度も氷の魔法を唱える。

次々と差し出される、銅貨を握ったお客さんの手、手、手。備え付けのコップをフル動員しても足りず、自前のコップを持っている人を優先したりした。

「うめー！　夏の暑い中で冷たいのを飲むと、こんなにうまいなんて！」

「生き返るわぁ」

そんなお客さんの声がさらに次のお客を呼ぶ。

ちょうどお昼時に差し掛かっていたせいもあり、平たい堅パンやチーズなどの食べ物も売れている。

ふと気づくと、ティトやラス、ヨハネさんまで屋台を手伝っていた。なにやってんの。ていうかラス、人の波に潰されないように気をつけて！

「売り切れ！　売り切れです！　ワインもシロップも水も、もう全部ありませーん。売り切れですー！」

目の回るような忙しさの中で、少年が叫んだ。並んでいたお客さんがぶうぶうと文句を言うけれど、ないものはどうしようもない。

中には食ってかかる人もいたが、

「ごめんなさいね！　はいこれ、お詫びのパン。並んでた人にはお詫びします。あ、だめだめ、並んでない人はあげないから！」

ささっと残り物の食べ物を配り、人々がちょっと大人しくなったところで、手早く屋台を店じまいした。

片付けられた屋台を見て、だんだん人も散っていく。

「いやー、すごかった！　完売したのなんて初めてだよ。小さい魔法使いに感謝」

額の汗をぬぐい、少年が実に嬉しそうな笑顔で言った。

魔法を連続して使ったせいで疲れていた私は、文句を言う気力も残っていなかったのだが。

怒り心頭していた人物がひとりいた。

「あんたね！　自分の商売にうちのお嬢様を利用して、この落とし前、どうつけてくれるの!?」

いつもの丁寧な口調はどこへやら、目を吊り上げたティトが鬼神みたいな迫力で仁王立ちしていた。

「見なさいよ、お嬢様の顔色が真っ青じゃない！　あんたは知らないだろうけど、魔法はたくさん使うと具合が悪くなるのよ。元気が取り柄のお嬢様が、前に吐いて大変だったんだから！」

ティトはすごい剣幕だ。

「こんなに無理をさせて！　許さないわよ!!」

「ご、ごめん……？」

少年はあまりの勢いにぽかーんとしてる。

「ていうか、あんた名前くらい名乗りなさいよ。なんなの！」

「あ、えっと、名前はマルクスです」

すっかり気圧された様子で、マルクスが名乗った。

さらにティトが言い募ろうとしたので、私は止めた。

「ティト、そのくらいで。謝ってるし」

マルクスは確かに図々しい奴だが、悪意や害意があるわけじゃない。

「お嬢様もお嬢様です。断って切り上げればいいのに、なんで最後まで付き合ってるんですか。ラス様も心配してますよ」

見れば、ヨハネさんの服の裾を握ったラスが、不安そうな顔でこちらを見ていた。

どっちかというと、いつも礼儀正しいティトが急に鬼神になったから、びっくりしてるんじゃないかな。あれは。

「お嬢様はいつもはメチャクチャなくせに、こういう時ばっかり大人しいんだから。バカなんですか。バカでしょ？」

ひどい言い方である。でも、ティトにはイカレポンチ時代から迷惑をかけ続けている自覚がある。

今回もどうやら私を案じてくれているようだ。あれかな、おバカな子ほどかわいいってやつ。

「私は大丈夫だよ。本当に吐くくらい気分が悪くなる前に、ちゃんと言うつもりだったから」

「そうですか……？」

ティトは疑いの目を向けた。まあ確かに、私は夢中になると引き際を見誤りがちだから……。

そんな私たちのやり取りを見て、マルクスが気まずそうに頭を掻いた。

「魔法の使いすぎで具合が悪くなるなんて、知らなかったよ。悪いことをした」

言いながら屋台のお金を入れていた壺を取り出して、両手で振っている。じゃらじゃらと重たげな音がした。

「分け前、上乗せして払うよ。そのくらいしか出来ないけど、いいか？」

「当然ね。売上全部もらったっていいくらいなのよ。ここでタダ働きだなんて言い出したら、ぶっ飛ばすわよ」

いかん、ティトがイカレポンチの影響を受けている。

そして、全部はさすがにないと思うよ。原価はマルクス持ちなわけだし。

「ここで銅貨を広げるわけにいかない。うちに寄っていってくれ。すぐ近くだよ」

今の時間はお昼が終わって間もなくというところだ。時間的には問題ないが、マルクスに素直についていってもいいものか？　騙されてさらなる面倒や犯罪に巻き込まれたりしないだろうか。

私は彼の目を見た。ティトの剣幕にビビっているだけで、特に悪だくみをしているようには見えない。

でも、私、人物を見る目なんて持ってないからなあ……。

「だめよ。あんたが私たちについてきなさい。お屋敷でお金を数えるわ」

ティトがびしっと言った。うん、ラスもいるし、その方が安心だね。

「お屋敷ってどこ？」

「あそこの丘の上」

フェリクスのお屋敷がある高台を指差す。マルクスがぎょっと目をむいた。

「あそこ、大貴族の邸宅がある場所じゃないか！　あんたら、いや、あなたさまたち、大貴族だったのか？」

「いやいや、居候してるだけの分家だよ。私は下級貴族」

こんなとこで見栄を張るのもどうかと思い、つい正直に言った。もっともラスは王子様なわけだが、黙っておこう。こんな場所で身分をひけらかしても、いらない危険を呼び込むだけだ。

ユピテルではよくある中世のイメージよりは、身分の差が少ない。貴族と言えど理由なく平民を傷つけたりしたら、ちゃんと裁かれる。

とはいえ大貴族になるとまた別世界だろう。マルクスが驚くのも無理はない。

「さ、行くわよ。屋台引いてついてきなさい」

「ひえ～……」

ティトに睨まれて、マルクスは情けない声を上げた。


屋台を引いて高台まで上るのは、なかなか大変そうだった。水やワインがすっかりカラになっているから、まだましかな。

マルクスは初夏の日差しを受けて、汗だくになりながら屋台を動かしている。見かねたヨハネさんが少しだけ手伝っていた。

私も手伝おうとしたら、ティトにもラスにも止められた。まだ顔色が悪いって。

お屋敷に到着し、門番の人に事情を説明したら、入り口近くの応接室に通された。屋台は門の横で預かってくれることになった。

部屋で銅貨の壺をひっくり返して、みんなで数える。

「ラス、数はいくつまで数えられるようになったの？」

「百までです。はやくゼニス姉さまに追いつけるよう、勉強がんばります」

「六歳で百まで数えられれば、がんばってると思うよ」

ユピテルの教育水準から見たら本当にそうだと思う。日本ほど学校や教育カリキュラムが整っているわけじゃないからね。

私たちがそんな会話をしている横で、マルクスは冷や汗をかきかき銅貨を数えていた。

金額は一日の売上としては相当なものらしい。うち、原価を差し引いた粗利益の半分をもらうことになった。

半分ももらっていいのだろうか？　と思ったが、ティトの怖い顔を見て口出しはしないでおいた。

それをラス、ヨハネさん、ティトにさらに分けようとしたら、固辞された。大したことはしてないからって。

お財布が銅貨でぱんぱんになってしまった。これが金貨、せめて銀貨だったらすごいのになぁ。

「それで、あの、ティトさん。と、お嬢様？」

恐る恐る、という感じでマルクスが口を開く。

「明日も氷を頼みたいんだけど……」

「はあ⁉」

たちまち目が吊り上がったティトに、マルクスは慌てて言った。

「図々しいのは分かってる！　でも俺、お金がどうしても必要で。お嬢様の具合が悪くならないよう、ちゃんと数を決めるから。頼む、この通り！」

彼は片膝をつき、体を丸めるようにして深く頭を下げた。これは、最上級の敬意と謝意を表す礼だ。日本で言うところの土下座である。

「何か事情があるの？」

「お嬢様」

聞く必要なんてないと目で言ってくるティトに首を振り、私は質問してみた。

「母さんが病気になっちまった。いつもは屋台もふたりでやってるんだけど……。生活費と、薬代を稼がないと」

頭を下げたまま、マルクスが答える。

「お父さんはいないの？」

「ずいぶん前に、火事に巻き込まれて死んだよ。おかげで家も店も燃えちまって、それ以来屋台をやってる」

ううむ……。気の毒な身の上だとは思う。

何か下心があって同情を引く話をしている可能性もゼロではないが、大貴族の縁者相手に下手な嘘をついても、いいことないだろうし。

こういう話はきっと、ユピテルにたくさんあるのだと思う。その人たちを全員助けてあげるわけにはいかない。私はそこまで慈善心のある人間じゃない上に、そもそもお金がない。

今回、そりゃあ最初は無理やり巻き込まれた感じで、あまりいい出会いではなかったよ。

ただ、こんな妙な縁でも、目の前にいる人を見捨てるのは……少し心が痛い。

マルクスは確かに図々しい奴で、私を利用した。でも彼の話が本当ならば、小さい頃からお母さんと二人きりで苦労してきたのだろう。軽食と飲み物の屋台なんて大して儲かりそうにないし、恐らくギリギリの生活だった。

それなら、目の前にお金になりそうなものが転がってきたら、全力で利用しようとする気持ちも分かる。平民ならではのしたたかさと言えた。

とはいえ、こういう場合はせいぜい少しの施しをして、放り出すのが一般的な正解なんだろうが……。


――待てよ？　そうか、一方的な『施し』でなければいいのか。

私自身の利を絡めて、彼にとってもいい話にすればいい。

マルクスにとって、今の私はお金稼ぎのチャンス。

そして私も、お金を稼ぎたかった。

けれど屋台で稼げるお金はたかが知れている。たとえ今日みたいに、割高の商品をたくさん売ってもだ。せいぜい当面の手持ちをまかなう程度で、本格的な研究資金には足りないだろう。

だから私の『利』の本質は、お金稼ぎだけではない。

私は今日、あの回廊広場《フォルム》で何を感じた？

魔法で生み出した氷が、ただの安い飲み物に大幅な付加価値を加えたのを目の当たりにした。

そして、その付加価値とは何だった？

普段は大して売れない飲み物が、値段を上げても飛ぶように売れたこと。

夏の暑い日差しの下、喜んでくれる人がたくさんいたこと。

私はお客さんたちの笑顔を思い出す。どの人も美味しそうに飲み物を飲んで、嬉しそうにしていた。……魔法はユピテルの人々の役に立つと、実感したのだ！

魔法の氷で飲み物を冷やすという、ごく単純な思いつきが、今日の結果に結びついた。

冷たい飲み物は、私が一応貴族でフェリクスのお屋敷に住んでいるせいで、そこまでの貴重さがあると思っていなかった。いつでも汲みたての井戸水を飲めたから。

けれど庶民は水道の水を使っている。夏の水道水はぬるくて、井戸水と比べられない。

また、このお屋敷には氷室がある。賓客を招いた宴席などでは、氷を使った料理やデザートも振る舞われる。

だが、そんなの庶民には、何ならちょっと裕福な程度の人々にも縁のない話。

今日、それが良く分かった。

この国には冷蔵庫も冷凍庫もない、でも、魔法で氷は出せる。

魔法という武器があれば、工夫とアイディア次第で色んなことが出来る。

魔法は謎が多くて技術として未熟。けれどもっともっと研究して、謎を解き明かして行けば、さらに出来ることが増えるだろう。

私が先駆者になるんだ。まだ誰も知らない魔法の秘密を、この私が一番に手に入れる！

そう考えたら、血が湧き立つのを感じた。

もっと知りたい、もっと突き詰めたい。この衝動はもう止められない。

でも現実は厳しくて、かなりの額の予算が必要。好きなだけ研究に打ち込むには、まずは環境を整えなければならない。

そして今回の氷の魔法は、大きな可能性を秘めている。

ただの小銭稼ぎではない、もっと大きな商売に繋がる道がある。私一人の手には余るほどの。

実現するのは私だけでは到底無理。大貴族であるフェリクスを、ティベリウスさんを説得して動かせればあるいは……というところだ。

その前段階としてマルクスに協力する。

彼を助けてお金稼ぎをする。お母さんの病気が良くなるよう、薬代をしっかり稼ぐ。

ついでに私も当面の資金と魔法の実績を得る。

その上で本命の、氷を使った大きな商売を売り込む。一石二鳥どころか一石たくさん鳥だ。

そこまで考えてから私は言った。

「いいよ。ただ、明日は難しいかも。ここのご当主に相談してからにしたい」

「お嬢様！」

ティトを手で制して、私は言い切った。マルクスが顔を上げる。

「私はまだ子供だし、このお屋敷でお世話になってる身だから、勝手に決められないんだ。でも、協力したいと思ってる」

「ありがとう！　もちろん、明日でなくてもいい。助かるよ！」

マルクスが私の足元に跪こうとして、ティトに追い払われている。

「それじゃ、なるべく早いうちにリウスさんに相談して、結果を知らせるから――」

と、私が言いかけたところで。

「俺がどうかしたかな？　相談なら、今、受けてもいいよ」

ティベリウスさんとオクタヴィー師匠が揃って応接室に入ってきて、私はめちゃくちゃびっくりしたのだった。

プレゼン

ティベリウスさんは椅子に腰掛けると、優雅に微笑んだ。オクタヴィー師匠はその横に立つ。

「さて、ゼニス。相談とは何かな？」

恐らく、私が屋台とマルクスを引き連れてきたと聞いて、様子を見に来てくれたのだと思う。

それにしても展開が、展開が早いっ……！

早いのは助かると言えば助かるが、準備の時間も欲しかった！　当意即妙とか即興は苦手なんだよー。

落ち着いて整理しよう。

先ほど考えた氷の魔法のアイディア。ティベリウスさんを説き伏せるには、どうしたらいいだろうか？

第一にやるべきは、冷たい飲み物の販売について彼の了解を取ること。

了解を取ること自体はそんなに難しくないと思う。社会勉強と小銭稼ぎを兼ねて、しばらく働かせてくれと頼めばいい。

けれど、それだけでは駄目なのだ。

私の本命はその次にある。ただ飲み物を冷やすだけではない、もっと大きな商機。

そのためには前世の例をたどりつつ、氷の有用性を認めてもらわなければ……。

となると、これはプレゼンである。

……私の苦手分野、またもや直面だ。

嫌な記憶が脳裏をよぎる。

前世で死の数年前、担当の営業が急病で倒れたとかで取引先のプレゼンを代打したことがあった。

結果はズタボロだった。

一通りの要点は頭に入っていたし、資料作りも問題なかったが、私のコミュニケーション能力がクソであった。

頭では分かっていても開発の人間としての発言しかできず、顧客の要望を満たせなかったのだ。

めちゃくちゃテンパった末、リアルに「デュフフｗ」的な発音までしてしまい、赤っ恥をかいた。顧客に失笑されるわ営業に嫌味をしつこく言われるわで、とんでもない暗黒歴史な思い出である。

いやいや、でも、今はあの時とは違う！

まず代打じゃない。私が考えて、つまり企画して、自分のためにリウスさんを説得したい。

それにまたデュフフｗコポォｗ的なことを万が一やらかしたとしても、ここにいる人たちは冷笑まではしないだろう。基本みんな私の味方だ。ただ大きな利害が絡む以上、理詰めでしっかりと説得の必要があるだけ。

よし。落ち着いてきた。

今生の脳みそがハイスペックなおかげで、こんなことをグダグダ考えてもまだ二、三秒程度しか経っていない。うん、大丈夫。

氷を使った商売、まずはどの程度までやるべきか。私自身の役割はどこまでか。

単なるお金稼ぎだけではなく、真に目指すべきところを想う。

ざっと考えを整理して、私は口を開いた。

「結論から言うと、氷――いいえ、冷蔵と冷凍と言ったほうがいいですね。これを使った商売は、非常に大きな可能性を秘めています」

前世で読んだプレゼンノウハウの本の通り、まずは結論から言ってみる。

とはいえ、これじゃあ話が飛びすぎだ。リウスさんが問いかけてくる。

「ずいぶんと話が壮大だね。大きすぎる可能性とは？」

「最終的には、輸送革命です。でもここまで来ると私の手には負えそうもないので、まずはもっと手近な所でテストをしたいです」

「輸送革命？」

「はい。リウスさんは、ものを凍らせると腐敗しなくなるのはご存知ですか？」

「北方の狩猟民族が、冬に積もった雪の中に獲物の肉を保存する話は知っている。雪が解けるまで腐らず鮮度を保つとか」

お、知ってるのか。それなら話が早い。

ユピテルは温暖で冬も雪は積もらない。池や川も凍ったりしない。このお屋敷にある氷室の氷は、遠い北の山脈から運んできたという話だった。

だから冷凍のそもそもから説明しなきゃと思っていたが、手間が省けた。

「そのとおりです。水が氷に変わるよりも低い温度では、ナマモノも腐りません。あるいは、腐るとしても本来の何倍、何十倍もゆっくりです」

「ふむ？」

「この性質を利用して、すぐに傷んでしまう魚介類や生肉や、果物などを冷凍すれば、新鮮さを保ったまま遠くまで輸送ができます。これが氷を使った商売の、最終目標になると思っています」

「…………」

ティベリウスさんの両目がすうっと細められた。口元は相変わらず微笑んだままだが、何だか背筋が寒くなる。

きちんと付け加えておこう。

「あのですね、もちろん、そこまで実現するにはクリアしないといけない問題がいっぱいあると思うんです。輸送用の樽に氷を詰めただけじゃ、すぐ溶けちゃいますから。魔法使いの訓練と人手確保から、断熱性の高い容器の開発、冷凍に向いた品物の選定に品質管理とか、まあいろいろあります。なので、輸送に関しては将来的なものと考えて下さい」

早口になってきた。まずいぞ、ティベリウスさんが思いの外真剣でちょっと怖い。テンパリ気味である。

「ですので！　今、私がやりたいのは、冷え冷えで美味しい飲み物とかき氷を庶民に提供することです!!」

よっしゃあ！　言いたいことを言い切った！

なんか、輸送革命の話からものすごくスケールダウンした感が強いが、今の私が手掛けられる商売はこんなものだろう。

まずはしっかり実績を積んで、少しずつ目標に近づくのだ。間違っていないはずだ。

部屋の中は静まり返っている。誰も何も言わない。

やばい、また滑っただろうか。やっぱり話があちこちに飛んだのがまずかったかな。

前世、私基準だときちんと筋道立てて考えたはずの話も、他人が聞くと飛び過ぎで訳わからんと時々言われてきたから……。

もうちょっと補足しよう。

「冷えた飲み物と氷菓子で、まず平民たちに冷凍、冷蔵の有用さを分かってもらいます。それでこの商売が広がれば、魔法使いの仕事も幅が広がります。今の魔法使いは、軍に入隊する以外はあまり選択肢がありませんので」

この世界はダンジョンとかはないので、魔法使いは活躍の場があんまりない。魔獣はたまに出るらしいが、本当に魔獣なのかただの珍しい獣なのかよく分からない状態だ。

「そうやって魔法使いの活躍の場を増やせば、魔法使いを目指す人も増えるはずです。そうして人手を確保して、訓練を施して、将来の輸送革命に向けた準備をしていくのがいいと考えました。その手始めとして飲み物とかき氷です」

「なるほど……ゼニスの言いたいことは、分かった」

やっとティベリウスさんが答えた。

「輸送革命とやらが真に実現するとなれば、国家を揺るがす問題になる。フェリクス家門ひとつでは手に余る話だ。元老院に諮《はか》るのが妥当だが――」

そこで彼はちょっと肩をすくめてみせた。

「あまりにも話が遠大すぎて、今の時点で案件を持っていっても相手にしてもらえないだろうね。うちにはオクタヴィーがいるが、魔法使いの社会的地位と信用はまだまだ低いから」

魔法使いの社会的地位が低い、それは感じていた。知名度が低いのはもちろん、なんか、大道芸人と大差ない扱いをされる時もあるっぽいのだ。ひどい話である。

なんとなくの勝手な予想だが、お尻から水を出す魔法とかが広まってしまって大道芸扱いされたのではないかと思う。お尻水の魔法を開発した人、許すまじ。

ティベリウスさんが続ける。

「だから小さなところで実績を積み上げる、その方向性は良いだろう。ただ、平民向けの飲み物と菓子は、いささか小さ過ぎないかな？　せめて貴族や富裕層向けにしてはどうだい？」

「はい、それも考えました。けれどフェリクスのお屋敷に氷室があるように、貴族層に向けて冷たい飲み物はあまりインパクトがないと思うんです」

「ふむ。確かに冷えた飲み物も氷菓も、我々にとって目新しくはない」

「ですので、まずは平民にそれらを。次に、氷菓に工夫を凝らすとか、新しい飲み物を開発するとかで差別化をして、貴族層に進出。そのような流れを想定していたのですが、どうでしょうか」

「なるほど。色々と考えていたんだね」

ティベリウスさんは再び元の穏やかな笑顔に戻った。ほっと緊張がゆるむ。プレゼン、うまくいきそう、かな？

しかし彼はこう続けた。

「だが、それならばなおさら、平民向けの商売は不要だろう。いくら規模を広げたとて、所詮は銅貨の商売だ。労力の割にたかが知れている」

ティベリウスさんは銅貨が入った壺を目線で示した。マルクスにとっては大金の、今日の売上を。

「氷、冷凍と冷蔵だったか。それらの技術の実績も、魔法使いの訓練を含めて、貴族層への商いで足りるだろう。平民向けは必要ない」

そうきたか……。プレゼンの方向を間違ってしまったのかもしれない。理屈だけで言えば、ティベリウスさんが正しいと思う。

でも、今日。

私の作った氷の飲み物を飲んで、「うめー！」って叫んでいたお兄さんの嬉しそうな顔が心に残っている。

母親に連れられた女の子がひんやりシロップ水を飲んで、最初はびっくりして、次にぱあっと笑った笑顔も。

私自身が庶民のせいか、今日触れた人々の日常が心に迫ったんだ。

ああ、私も前世で仕事に疲れて、深夜のコンビニでちょっとお高いアイス買って、癒やされたっけなーって。

異世界でも人間はそんなとこは一緒なのか、と。

ユピテルと前世はあまりにも違う。違いすぎる。

それでも今日、私はささやかな共通点を見つけた。——嬉しかった。

そういう気持ちを、顧客単価が低くて割に合わないだなんて正論で投げ捨てるのは、……嫌だなぁ……。

正論に対して心情論を訴えて、ティベリウスさんに通じるだろうか。それに一応は貴族のゼニスが、なんでそこまで平民に肩入れするのか聞かれたら、どう答えればいいのやら。

でも、ここで尻込みは出来ない。私自身の感傷だけではなく、マルクスの生活と薬代もかかっている。やれるだけやらなきゃ。

そう覚悟して、私が口を開きかけた時。

「いいんじゃない？　平民向けに少しばかり労力を使って、人気取りしておくのも」

意外な人が味方してくれた。オクタヴィー師匠だ。

「氷の魔法も、まだまだ開発余地があるでしょ。いきなり貴族に商品を持って行くより、テストを兼ねて平民向けから始めるの、悪くないんじゃないかしら」

「そう、そうです！　氷の魔法も今のままだけじゃなくて、いくつかアイディアがあるんです。それらを試しながらやりたいので、マルクスの屋台での商売、許可を下さい！」

私は全力で師匠に乗っかった。

自分の名前を出されて我に返ったマルクスが、「お願いします！」と頭を下げている。

少しの沈黙が流れた後、ティベリウスさんは大きく息を吐いた。

「やれやれ……。我が家の魔法使い筆頭の、オクタヴィーに言われては仕方ないな。まあテストという体ならば、平民に流行の先取りをされたと騒ぐ連中も少なく済むだろう。

——分かったよ。平民向けの商売の許可を出そう。当面はそのマルクスの屋台を使うんだね」

「やった！　リウスさん、ありがとう！」

「ありがとうございます……!!」

マルクスと手を取り合って喜んで、はっと気づいて離れた。気まずい。

ティベリウスさんは苦笑しながら続ける。

「マルクスの屋台を使うのはいいが、フェリクスからも人手を出そう。ゼニスの身の安全確保もあるし、平民たちの反応も直に知りたいからね。他にも話を詰めておこうか」

「はい！」

その後、フェリクスの人手の数や役割、売上の取り分などがざっくり決められた。新しい商売なので、都度内容を見直すという条件で。

近いうちに屋台をフェリクスが買い上げ、マルクスは雇われ店長になるということで合意する。

仮の契約書が用意され、ティベリウスさん、マルクス、私で署名した。屋台を買い上げた後にまた正式な契約書を交わすとのこと。

ユピテルは成文法の国で、契約書の出番は多い。平民相手でもきちんと契約書を交わすのは当たり前なのである。

私もマルクスも未成年だが、契約書は有効。要はティベリウスさんのお墨付きがもらえればいいのだろう。

屋台の買い上げまでは、私は個人的にマルクスの手伝いをする形となる。

そうしているうちに辺りはすっかり夕暮れ時になっていた。

「母さんが心配だから、今日は帰っていいですか」

マルクスがそう言って、ティベリウスさんがうなずく。明日も同じ広場で落ち合うことになった。

屋台のワインやシロップの仕入れは、当面は同じ商店からやるそうだ。急に取引先を変えると悪評が立ってしまうらしい。

屋台をフェリクスが買い上げたら、その辺りも調節しなきゃだね。

屋台を引いて坂道を下っていくマルクスを見送る。大人の話に付き合って疲れてしまったラスをねぎらい、解散になった。


今日の夕食も終わり、あとは寝るまで時間がある。今のうちにできるだけの工夫をしてみよう。

私はティトと一緒に自室に戻って、考え始めた。

魔力に限りがあり、今は魔法使いが私だけである以上、いかに効率よく冷えた飲み物を作るかが課題になる。

今日は勢いで氷を量産してしまったが、もっといい方法があるはずだ。

ただ、加熱と比べて冷却はハードルが高い。水を沸騰させるのは、お鍋に水を入れて火にかければ済む。でも、冷凍庫やその他の機器がない状態で水を氷にするのは、かなり難しいと思う。

氷以外でものを冷やす、すぐ思いついたのは氷に塩を混ぜるといった『寒剤』の使用だった。

寒剤とは、混ぜ合わせると低温が得られる物質の組み合わせ。

氷と塩は、子供向けの科学番組なんかで時々見かけるよ。昔からある方法で、私も前世で小学生の時に自由研究でやったことがある。

氷に塩を混ぜるとマイナス二十度くらい（うろ覚え）まで温度が下がるので、アイスクリームを作るのにちょうどいい環境になる。

小学生だった私は張り切ってバニラアイスを作り、出来上がったところで下の姉に食べられてしまって半泣きになった。懐かしい思い出である。

ただ、コストを考えると今回はダメそうだ。

ユピテルでは塩は相応に高価。半島の国だけど、海水から塩を採る方法はさほど発達していない。西側の属州に大規模な岩塩坑があって、大量に運び入れている。

塩を一杯大銅貨三枚そこらの飲み物に使えば、確実に赤字になってしまう。寒剤として使うには、けっこうな量が必要だったはずだし。

今後、貴族向けの趣向を凝らしたアイスやかき氷の時は使えるかもしれない。メモっておこう。

となると、後は何だろう。

氷より冷たいもの……。うーん、ドライアイスとか？　あと液体窒素。

液体窒素はともかく、ドライアイスは魔法で出せるだろうか。

よく考えたら、水や氷だって謎の魔力パワーでどこからともなく出てくるもの。ドライアイスも行けるのでは？

うむ。これがオクタヴィー師匠に言った『氷の魔法の他のアイディア』だ。口からでまかせを言ったわけではない。

よし、さっそく試してみよう。

「…………」

氷の部分を『ドライアイス』に変えて呪文を唱えようとして、気づいた。

魔法語にドライアイスなどという単語は存在しない。

無駄に口をぱくぱくさせる私を、ティトが生暖かい目で見守っている。このくらいの奇行は慣れたものらしい。慣れなくていいから！

えーとえーと、それならば。

ドライアイスって、二酸化炭素が凝固したものだったか。なら、二酸化炭素を凝固点まで冷やすという呪文で……。

いかん、『二酸化炭素』も魔法語の語彙になかったわ。どうしよう！


二酸化炭素やドライアイスという、ズバリそれそのものを指す言葉がなくても、性質を羅列していけばどうだろうか。

『猫』を説明するのに、『動物で、肉食で、毛皮があって、体重は三キロから五キロ程度、耳が三角形で、ひげが長くて、にゃーと鳴く』と言うような感じで。

二酸化炭素で考えてみよう。

CO^2。炭素と酸素の化合物。動植物の呼吸で排出される。植物は光合成で使い酸素を出す。燃焼で発生する。

空気中に常に多少存在する。（割合は分からない。忘れた）一定割合を超えると炎が燃えなくなり、生き物は呼吸困難を起こす。など。

これらをなんとかして魔法語に翻訳し、呪文の形式に乗せる。

『そよぐ風に含まれ、生命たちの息吹にて吐き出されるもの。草木の陽光の元での営みにて使われるもの。炎の後に生まれ、しかしそれ自身は燃えぬもの。ヒトの呼吸を妨げ、やがて死に至らしめるもの。其れを氷よりも冷たく、小石のように固め、我が手よりひとひらの粒を降らせ給え』

これでどうだ！

ドライアイス発生を想定して、CO_2の分子モデルと非常に低い温度を思い浮かべる。念のため、量はほんのひと粒で。

体内の魔力回路を意識し、脳の起点から心臓、下腹部を通して右手に魔力を集める。

すっと魔力が引き出され、下に向けた手のひらからぱらぱらと白いかけらが落ちた。

床に落ちた小さなそれに手を近づけると、ひんやりとした冷気を感じる。

やった、成功した!?

でももしかしたら、ドライアイスではなく白くて冷たい謎の物体かもしれない。できるだけ確かめないと。

「今回の呪文、長かったですね？　その白いのはなんですか？」

ティトが隣にしゃがんでドライアイスに手を伸ばす。

「ストップ！　素手で触ったらだめ!!」

慌てて彼女の手首を掴んだ。

「これ、たぶん、すごく冷たいものなの。素手で触ったら凍傷になっちゃうよ」

「そんな危ないもの、床に転がさないで下さい！」

ティトは気味悪そうな顔で手を引っ込めた。

「直接触れなければ大丈夫。えーっと、手袋あったかな」

クローゼットを探って革の手袋を見つけた。ちょっと薄手だがとりあえずはいいだろう。

手袋をはめてドライアイスの小粒をコップに入れる。素焼きの素朴なやつだ。

コップに水差しから水を少し入れた。ぱちぱちと炭酸が弾けるような音がして、コップの中に白い煙がもくもくと生まれる。

うむ、ドライアイスっぽい。

けど、もう少し確かめたい。

部屋のロウソクに火打ち石で火をつけた。魔法の方が早いが、今日はだいぶ使いすぎなので、これで。

ロウソクの炎を白いスモークの中に入れると、火がふっと消えた。

どうやらドライアイスの可能性がかなり高そうだ。

——勢いでやってしまったけど、これ、すごくない⁉

ばっちり当てはまる単語がなくても、ある程度の絞り込み検索みたいな言葉群とイメージで物質を生み出せるなんて！

魔法、思った以上に万能だ！

魔力の消費も同量の氷に比べるとそれなりに多いが、ドライアイスの方が温度がずっと低い。ものを冷やすならこっちだろう。

あとはドライアイスの使い方を工夫したり、呪文をブラッシュアップして効率化すればうまくいきそうだ。

ただ、魔法で生み出したものはしばらくすると消えるのが難点かな。

石つぶての魔法なんかで出した石は、一日もすれば跡形もなく消えてしまう。水も器に入れておいたら消えるんだった。

だから金や銀などの貴金属を作って詐欺を働くのは難しい。

氷は解けて消えたのか魔法の産物故に消えたのか、判然としないが。

まあ、ドライアイスは半日も保てば十分に用途にかなうので、この場合はあまり問題ではない。

——あれ？

と、ここで疑問が出てくる。

魔法で生み出したものは最大でも一日程度で消える。でも例えば、火の魔法で放った火は割とすぐに消えるのだが、それを火種として他のものに燃え移ると消えない。

水についても、魔法で出した水を飲んで後で急に脱水症状になったという話は聞かない。

どこにその線引きが……？

疑問に思ったら確かめるべし！

まずは何をやろうか。水かな!?

例えば、魔法で出した水だけ飲んで三日くらい過ごして、体の変化を見るとか。今からやってみよう。

『清らかなる水の精霊よ……』

ドライアイスが入っていない方のコップを取り出し、水を出すべく呪文を唱えかけて。

「お嬢様、今度は何をやるつもりです？」

呆れたようなティトの声で我に返った。

「明日もマルクスの商売に付き合う話、忘れてませんか？　さっさとお風呂に入って、早めに寝た方がいいのでは？」

「そうだった！」

危うく別の方向に突っ走るところだった。

危なかった、止めてもらって助かる。うっかり徹夜で実験でもした日には、へろへろの状態で行かなくてはならないところだった。

こういうのが積もって前世は過労死したというのに、私も懲りないなぁ。

魔法で出したものが消える件、すご－く気になって後ろ髪が引かれるけど。

でもここはがんばって気持ちを切り替えて、今日はきちんと休もう。

精神は大人でも体はまだまだ子供。大人の時以上に無理をしてはいけないだろう。睡眠時間もたっぷりと必要だ。

「ティト、ありがと。じゃあお風呂に行こっか」

「お礼を言われるようなことは、してませんけどね」

お風呂から上がったらどっと疲れが出て、寝台に倒れ込むように眠ってしまった。

明日もマルクスと一緒に、がんばるよ〜。

販売開始

朝、早めに起きて昨日の回廊広場《フォルム》に行く。

今日もいい天気だ。まだ早朝といえる時間だけど、日差しは強くなり始めている。お昼までにはきっと暑くなるだろう。

ティトの他、フェリクスのお屋敷から使用人一人と奴隷の人二人が付いてきてくれた。ラスとヨハネさんはさすがにこれ以上巻き込むわけにはいかないので、別行動である。ラスは残念がっていたけどね。

広場はまだ人がまばら。露店の準備をしている人たちが、マルクスの屋台で朝ごはんを食べている。平たくて硬いパンとチーズの切れ端程度の、質素な内容だ。

「マルクス、おはよう！」

「おう、ティトさんとお嬢様。おはよー。そっちの人たちは？」

「フェリクスのお屋敷から来てくれた、私の護衛兼お手伝い」

「そりゃ助かる。おはようございます、よろしく」

お互いに挨拶をして準備に取り掛かった。

ドライアイスの説明をして、お屋敷から持ってきた大きな樽を置く。奴隷の人が荷物持ちをしてくれた。

『そよぐ風に含まれ、生命たちの息吹にて吐き出されるもの。……』

呪文を唱え、樽の中にドライアイスを注ぐ。それから水瓶の水をいくらか樽に入れた。

とたんにしゅわしゅわ、もくもくと煙が樽の中に立ち込める。

「うお、なんだこれ！」

マルクスが樽を覗き込んでびっくりしている。

「ドライアイスと煙、すごく冷たいから素手で触らないようにね。で、この樽の中にワインとお水の瓶を入れるとよく冷えると思うんだ」

「魔法使いすぎ対策か。色々考えるなあ」

樽を二つ用意してあったので、ワインと水の瓶をそれぞれ入れる。少し待てば冷えてくるはずである。

「さっきの白い小石みたいのが、ドライアイス？」

樽の様子を横や上から覗き込みながら、マルクスが言う。

「うん。氷よりずっと冷たいから、少しの量でもよく冷えるよ」

「じゃあ、飲み物に入れてもいいのか？　ちょびっとでも冷たくなるんだろ」

「飲み物に入れる……」

私は首をひねった。そういえば、氷みたいに水に直接入れてもいいはずだ。前世ではドライアイスといえば保冷剤で、飲み物に入れる習慣がなかったから失念していた。

……何か直接入れてはいけない理由、あったっけ？　要は二酸化炭素だから、別に毒があるわけでもない。問題ないと思う。

「いいんじゃないかな。ただ、大量にいっぺんに冷やすにはこうした方がいいと思っただけだから」

「じゃあ、試してみるか。もいっぺん魔法やってくれ」

「はいはい」

後ろでティトが「ゼニスお嬢様に馴れ馴れしい口をきいて……」とぶつくさ言っているが、とりあえず聞こえないふりをしよう。

マルクスが水入りのコップを差し出したので、そこにほんのひと粒だけドライアイスを入れる。しゅわしゅわと音を立ててドライアイスが溶けて消えた。

「どう？」

「お、いい感じに冷えてる。冷えてるけど……？」

今度はマルクスが眉を寄せた。

「飲んでみてくれ」

コップの水を一口飲むと、口の中でしゅわっとした。微炭酸だ。

そうか、炭酸水のしゅわしゅわは二酸化炭素だっけ。前世じゃ炭酸水を作る家庭用のメーカーマシンもあって、二酸化炭素ガスのボトルから充填して作るんだった。

ティトにも飲んでもらったら、やっぱり変な顔をしている。

んです」

「エールに似てますね。北方の蛮族たちの酒ですよ。麦から作る酒で、こんなふうに泡が入ってる

フェリクスの使用人さんも興味を示したので、飲んでもらった。すると、

「だよな。変な感じ」

「口の中がくすぐったいです」

とのことだった。麦のお酒、ビールのことか！

しかし蛮族ときた。何でも、ユピテルのお酒はワインがピカイチ。ビールは低俗なんだとか。

そのためビールは、平民の中でも貧しい人たちを中心に広まっているらしい。

ううむ、炭酸、おいしいと思うんだけどな。

ビールだって前世じゃ一番人気のお酒だった。私も大好きだ。

あ、でも、やっぱり冷えてるかどうかが重要かもしれない。ぬるいワインは普通だけど、ぬるいビールは飲めたものじゃないもの。

蛮族の酒というイメージをどうにか変えられれば、商機は大きいのでは。

炭酸水とビール。心のメモ帳にメモっておこう。

そんなことを喋ったり、ワインと水の冷え具合を確認したりしているうちに、だんだん人出が多くなってきた。

太陽も高く昇り、気温が上がってくる。

「昨日の冷たい水、今日もあるか？」

お客さん第一号は昨日も来てくれたおじさんだった。

「あるよ！　水割りワインでいいかい？」

マルクスが愛想良く答える。

「ああ、一杯くれ」

「まいどー。大銅貨三枚ね」

「あ？　昨日は二枚だったじゃないか」

値段はティベリウスさんと相談した時に決めた。いくら庶民向けでももう少し値上げするべきということで、この値段になったのだ。他にはない、オンリーワンの商品だものね。

おじさんの文句に、マルクスは笑顔のまま言い返す。

「昨日はお試し価格だったのさ。今日からが本番。——さあ、冷たくって美味しい水割りワインが大銅貨三枚だよ！　シロップ水は二枚だ！」

マルクスが大声を張り上げると、通行人たちが振り向いた。

「冷たいの？」

「昨日も売ってたやつか」

「本当にこんなとこで冷たい水があるわけ？」

「今日も暑いからなあ。飲んでみるか」

そんなことを口々に言って、何人もこちらにやって来る。

「早いもの勝ちだよ！　数に限りがあるから、飲みたい人は早めにどうぞ！」

昨日の混雑っぷりを知っているおじさんは、慌てて大銅貨を三枚渡してきた。

「売り切れちゃかなわん。早くくれ！」

「はいはい、毎度あり！」

ワインも水もうすっかり冷えている。おじさんは氷が入っていないのにまた文句を言いかけ、飲んで納得してくれた。

「はー、うまいわー。ちっと高いが、この冷たさには代えられん」

「しばらくここで商売してるから、また来てくれよ」

「おうよ、冷たいワインを楽しみに稼いでくるさ」

おじさんは満足そうに笑って帰っていった。

彼を皮切りに次々とお客さんがやって来ては、冷たさに驚き、喜んでくれる。

今日は私も余裕がある。樽の中の様子を見て、時々ドライアイスを足すくらいだ。ティトとフェリクスのお屋敷のヘルプさんたちも働いているので、たくさんお客さんが来てもきちんとさばけていた。

結局、午前中のうちに売り切れになった。

マルクスの屋台は食べ物も扱っているが、こちらはお昼前ということもありほとんど売れ残っている。昼食時まで粘ってみたが、冷えた飲み物がないと分かると帰ってしまう人が多く、あまり売れなかった。

「こりゃあ、明日から食い物の仕入れは減らしていいかもなぁ」

マルクスがそんなことを言っている。とはいえ、普段の食べ物込みの売上よりもずっと売れたとのことで、口調は明るい。

「じゃあ、今日の売上を数えて分けようぜ。お屋敷まで行くか」

「ううん、マルクスの家が近いんでしょ？　そっちでいいよ」

マルクスへの疑いはかなり薄れているし、護衛で腕っぷしの強い奴隷の人をつけてもらっている。でも、彼は首を振った。

「うちはあんまり環境が良くねえから。あそこでこんなにたくさんの銅貨をじゃらじゃらさせたら、泥棒に狙われちまう」

何でも、彼の家はアパートの最上階。狭いスペースを間仕切りで仕切っただけの雑居状態らしい。隣人に音が筒抜けなので、お金があるとバレると防犯上良くないのだそうだ。

屋台だけ置き場に置いて、今日もフェリクスのお屋敷で精算することとなった。


売上は昨日より多かった。飲み物の量は制限していたし、食べ物は売れ残ってしまったのに、やはり値上げが大きかった。悔しいけど顧客単価は大事。

「これなら母さんに栄養のつくもの食わせてやって、薬も買ってやれる」

マルクスは嬉しそうだ。

「ドライアイスで冷やせば効率が良くて、魔力は氷より少なく済むから。飲み物の量、もっと増やしていいよ」

「おっ、助かる！　じゃあ明日は多めに仕入れるよ」

冷やす時間を考え、今日よりも早い時刻で待ち合わせを決めた。

マルクスが帰ろうとすると、ティトが呼び止めた。

「な、なんだよ」

びくっとするのが可笑しい。初日にめちゃくちゃ怒られたせいで、マルクスはティトが苦手みたい。クレームつけてくるお客は軽く流すくせに、なんだろうね。

「これ、お母さんに食べさせてあげて」

「……え」

ティトが差し出したのは、ちょっとした食べ物。プラムとかクルミとか、そんな感じのものだ。

「もらえねえよ。買うとけっこう高いだろ、これ」

「お屋敷の宴席で余った分をもらったのよ。気にしないで。あんたは馴れ馴れしくてムカつくバカだけど、病気は気の毒だから」

マルクスは戸惑った顔でティトと果物類を交互に見て、やがてニカッと笑った。

「そっか、ありがと！　母さん喜ぶよ」

食べ物を受け取って布で包み、そのついでとばかりにティトを軽くハグした。

「な、なにすんのよ⁉」

「へへっ、じゃあまた明日な！」

真っ赤になったティトに手を振って、マルクスは元気よく坂を駆け下りていく。

あらぁ……。青春だわぁ。二人とも十三歳だものね。

悪態をつくティトの横で、私は年長者特権とばかりにニヤニヤと、いや、暖かい目で成り行きを見守る決意をしたのだった。


さらに翌日、いつもの回廊広場《フォルム》に行って準備をする。

今日の天気は薄曇りだが、その分湿度が高めで蒸し暑い。そう、冷たいものが欲しくなる感じに！

昨夜はドライアイスの魔法に手を加え、魔力効率を少し改善できた。

呪文は長くなるが、より正確に二酸化炭素とドライアイスの特徴を織り込んでやると反応が良くなるのだ。

一体どこの誰が（あるいは『何が』）魔法語の呪文を拾い上げて魔法に反映させているのか、不思議である。いつか必ず突き止めてやろう。

マルクスの屋台の水瓶には、ワインと水がたっぷり入っていた。昨日は七分目程度だったが、宣言通り増やしたようだ。

私はドライアイスの呪文・改を唱えて、樽に入れていく。

「水瓶自体を増やしたいとこだけど、これ以上は屋台に載せられねぇから」

マルクスは残念そうである。

彼の屋台は小ぶりで、その昔はお母さんが一人で切り盛りしていたとのこと。女性や子供の力でとなると、このくらいの大きさが限界なのだろう。

「ティト、昨日はありがとな。母さん喜んでたよ」

「別に。それより馴れ馴れしいの、やめてよね」

「え？　俺、なんかやったっけー？」

マルクスはニヤニヤしている。ティトへの苦手意識はすっかり消えたらしい。

都会育ちの彼と田舎娘のティトだと、なんだか対照的だなあ。何となく、おちゃらけ少年と真面目委員長みたいなデコボココンビ感がある。

私はほっこりしながら水瓶の冷え具合を調節した。

日が高くなるにつれ、人が徐々に増えてくる。今日は昨日より人出が少し早いようだ。

と思っていたら、早速一杯目が売れた。そのお客さんを呼び水に、また次々と売れ始める。

あっという間にけっこうな人数が列を作った。なんか今日はお客の反応がいいな!?

「この回廊広場《フォルム》の小さい屋台。ここか」

「黒髪の男の子と褐色の髪の女の子がいるんだろ？　ここで間違いない」

「おーい、こっち、こっち。冷たい水がある屋台、見つけたよ」

んん？　漏れ聞こえてくるお客の会話も、今までと少し違う。昨日までは半信半疑だったり、冷やかしみたいな人も少なくなかったのだが。

「いらっしゃい！　お客さん、見ない顔だね。俺、ここで何年も商売やってるから、だいたいの人の顔は覚えてるんだけど」

ワインをコップに入れながら、マルクスが愛想よく話している。

「俺は隣の地区から来た。広場の真ん中でよく冷えた水割りワインが飲めるって、評判になってるんだよ」

「へえ、わざわざ来てくれてありがとね！　それじゃ、評判通りの冷たいのをどうぞ」

「お、うまい！　すごいな、井戸水より冷たいんじゃないか？」

お客のお兄さんはごくごくと水割りワインを飲み干すと、笑顔で去っていった。

その後も似たような会話が時々、聞こえてくる。

マルクスの屋台が評判になってるのか。

ネットはもちろんテレビやラジオもない国だから、情報といえば口コミ一択だ。最初の日に飲んでくれたお客さんたちが、あちこちで拡散してくれたのだろう。

みんな、楽しみにしているのが伝わってくる。

「そろそろワインも水もなくなりそうだ」

しばらく後、接客用の笑顔を残念そうに歪めて、マルクスが言った。

お客さんの列はまったく途切れていない。心苦しいけど、在庫切れを伝えなければ。

「じゃあ、あたしが売り切れを伝えてきます。一人、ついてきてください」

ティトが大柄な奴隷の人を一人連れて、お客さんの列の方に行った。残りの水の量から見て、売り切れになりそうな順番の人にそう伝えている。

大人しく帰る人、見るからにがっかりする人などにまじって文句を言って凄む人もいたが、ガタイのいい奴隷に気圧されて退散していった。

やっぱり用心棒的な人は必要だな……。十三歳のティトだけならきっと揉めただろう。

結局、今日は昨日より早いくらいの時間で撤収となった。水もワインも増やしたのに、お客さんの人数が上回ったのだ。大繁盛、嬉しい悲鳴である。

昨日と同じく、屋台を置いてフェリクスのお屋敷に行く。すると応接室にティベリウスさんとオクタヴィー師匠が待っていた。

「ご苦労。思った以上に客入りがいいようだね」

「はい、すごかったです。お客さんの列がずっと途切れなくて。あちこちで評判になってるみたいで、遠くから来てくれた人もいました」

「それは良かった。人を使って噂の後押しをした甲斐があったよ」

なにー!? この集客、ティベリウスさんが仕掛けたのか。

マルクスとティトもあっけにとられて口を開けた。

「俺は少々、拡散の手伝いをした程度だよ。たとえ手出ししなくとも、結果が出るのが多少遅くなる程度だった」

リウスさんは穏やかに微笑んでいる。

「さて、冷えた飲み物の需要は確認できたことだし、マルクスの屋台を正式に買い上げよう。あの回廊広場《フォルム》一帯を取り仕切る親分との話もついたから」

「え！　クイントスの親分と話したんですか⁉」

マルクスが驚いた声を上げた。

クイントスの親分とは、あの広場近辺を縄張りとするヤクザ？　仁侠？　の親玉。揉め事の仲裁や用心棒をやってくれる代わりに、みかじめ料を支払う必要があるんだそうだ。ううむ、もろにヤクザではないか。どこにでもいるんだなぁ。

「ああ、それは下っ端だよ。俺が話をつけたのは、もっと上の方。姉の嫁ぎ先と繋がっていたから、話はそんなに複雑ではなかった」

お姉さまの嫁ぎ先はもちろん相応の家格の貴族だ。なんか、この世界の闇を見るような……。

「ゼニスとマルクスは、その辺りは気にしなくていい。きみたちはこの商いが成功するよう、知恵と努力を尽くしてくれ」

「は、はい」

マルクスが緊張した顔で頷いた。彼にとってかなり上の存在のクイントスの親分とやらを『下っ端』とばっさりやられて、大貴族の力を改めて感じたみたいだった。

「水とワインの仕入先も、フェリクスの関係者から見繕っておいた。不都合があれば教えてくれ」

「はい、大丈夫です」

マルクスがうなずいたので、ティベリウスさんは本契約書を取り出した。

「もう一度確認しておこうか」

内容は、こんな感じ。

・マルクスはフェリクスの使用人扱いで、雇われ店長として今までどおり屋台の商売を続ける
・冷たい飲み物の大きな需要に対応するため、準備が整い次第、他の屋台と店舗を出す
・氷（ドライアイス）の魔法の開発はゼニスが担当し、他の魔法使いの雇用、教育と采配はオクタヴィーが担当する
・ゼニスはこの事業の利益に応じて分配を受ける
・マルクスはフェリクスの事業としての冷たい飲み物提供を積極的に宣伝すること
・ゼニスは当面はマルクスの屋台付きだが、他の魔法使いの教育が済んだらバトンタッチ
・マルクスの住居はフェリクスの屋敷内の使用人部屋に用意する。母親も同居可

契約書を何度も何度も読んで、マルクスが深く頭を下げた。

「問題ないです。ありがたいです」

平民と貴族の取引としては、マルクス側にかなり有利な内容だと思う。

彼は平民だけどちゃんと字が読めるし、計算もできる。自分できちんと確認して理解していた。

彼の家はお父さんを亡くして以来貧乏だったが、お母さんが頑張って私設教室（寺子屋みたいなやつ）に通わせてくれたんだそうだ。

改めてサインをし、屋台の売却代金を受け取って、マルクスはフェリクスの雇い人となった。

私の金欠から始まった話が、マルクス親子の境遇を変えたり、魔法使いの待遇改善の一手になっ

たりする。

しかも新しい魔法の可能性をゲットして、将来的には冷蔵・冷凍輸送まで見えた。

一石二鳥どころじゃない、すごく欲張りなことをしてしまった。

もっと地道な活動を想定していたのに、予想よりずっと早く事態が動いている。

それだけ話が大きくなって、私一人では到底手に負えないけど。

ここには色んな人がいるから、協力し合って進みたい。

まずは、冷たい飲み物の需要が高まる夏の間いっぱいは、この商売に注力しようと思う。

飲み物ばっかりで、かき氷もアイスもまだ作ってない。私も食べたいし、飲み物だけでもあんなに喜んでくれたユピテルの人々が、かき氷を食べたらどんな反応になるかぜひ見てみたい。やっぱり頭キーンってなるかな!?


色んなことが楽しみで、明日が来るのが待ち遠しい。さあ、明日も頑張っちゃうよー!

夏の繁盛記

ここのところ毎日、いつもの回廊広場《フォルム》に行って冷たい飲み物を売っている。

マルクスの小さな屋台に加え、フェリクスで用意した屋台をもう一つ追加して、お客さんの需要にだいぶ応えられるようになった。

毎日たくさんのお客さんがやって来ては、冷えたワインやシロップ水を美味しそうに飲んでいく。

季節は初夏から本格的な夏になりつつある。これからが本番だね。


順調な中にも、問題はいくつかある。

まず、ドライアイスの魔法は私にしか使えない点。

オクタヴィー師匠に呪文を教え、二酸化炭素とドライアイスのざっくりした概念も伝えたのだが、上手くいかなかった。

やはり魔法で出すモノに対する理解度がものを言うらしい。どれだけ明確にイメージできるか、解像度と言ってもいいかもしれない。

「きみの言うことは訳が分からないわ。誰も理解できないと思う」

と、師匠は早々にさじを投げた。

この人、ほんとに知識の探究者というより実業家だわ。疑問を突き詰めるよりも効率重視でさっさと動くもの。

性格はともかく、師匠は魔法使いとして相応に優秀だ。なので彼女が無理ならば大抵の魔法使いにとっても不可能になる。

そのため、屋台に私がついていくしかない。

水を凍らせた普通の氷であれば他の魔法使いにも扱えるので、どうにか工夫していきたいところだ。

かき氷も試験販売を始めた。

一通り考えた末に、粉雪状態の氷を魔法で出すことにした。大きな氷を出したところでかき氷機はないし、それなりに魔力も使う。今は試験販売と知名度アップと割り切って、後でもっといい方法を探ることにした。

粉雪の氷をドライアイスで冷やした樽に入れ、注文に応じて器に盛る。かき氷シロップは果物を煮詰めたものと蜂蜜を合わせた。庶民にとってはけっこうな贅沢品である。

お値段も高めの大銅貨七枚。水割りワインが三枚なので、割高だ。

売れるかな？　と心配だったが、杞憂に終わった。

もう大人気だった。大人から子供までみんなかき氷を食べたがる。

頭がキーンとなるのも、新鮮で楽しいらしい。

人気すぎて、まだ涼しい早朝から列に並ぶ人などもおり、本末転倒ではないかと思ったくらいだ。

思うに、時期が良かったのだろう。時期とは夏の季節という意味だけではなくて、ユピテル共和国の繁栄度合いも含めて、だ。

ここ何十年かは大きな戦争もなく、ユピテルは平和の中で繁栄してきた。

首都ユピテルの人口は約八十万人。この古代を思わせる世界の中で、ダントツの大都市である。貧富の差が広がって問題になっているが、それ以上に中流層や少し裕福な層もいる。人が多い分だけ経済活動が活発で、社会の中でお金がぐるぐる回っているからね。

中流層の彼らは日々の暮らしに多少の余裕があって、娯楽を求めている。貴族や富豪のような派手なことは無理だけれど、生活の中でちょっとした幸せを求めて、プチ贅沢をしてみたいと思っているのだ。

その層に、今回の冷えた飲み物とかき氷がクリーンヒットした。

少し背伸びすれば届く金額で、新しいもの。今まで上級貴族しか飲食できなかった、特別な飲み物とお菓子。しかも夏の暑い時期にぴったり。

数が少なくてなかなか入手出来ないのも、いい意味でレア感を演出してくれた。

いろいろな要素が見事にマッチしたのである。

運が良かったな、とつくづく思った。

時期はもちろんのこと、マルクスと偶然出会えたのも、ティベリウスさんが商売の許可と援助をしてくれたのも。

そして、人に恵まれた環境に転生したのも……。

そりゃあ私だって頑張ったし、それなりに貢献したとの自負もある。

でもやっぱり、一人じゃ大したことはできなかったよ。

今日、最後のかき氷をゲットしたのは親子連れだった。

両親と子供が二人。一つのスプーンで分け合って食べている。

大きめの一口をぱくっと食べた男の子が、頭キーンになったらしくて、スプーンをくわえたまま両手で頭を押さえた。

それを見た兄らしき少し大きな少年が、弟からスプーンを奪い取って自分も食べる。たっぷりシロップがかかった所をすくい取って、満面の笑顔だ。

親たちも順繰りに氷を食べて、にっこりしている。みんな幸せそうな様子だった。

かき氷の樽に『売り切れ』の札をかけると、お客さんたちから落胆の声が上がった。

首都の平民の識字率はけっこう高い。もちろん前世のようにほぼ百パーセントとはいかないが、かなりの人がちゃんと字を読む。

「今日も食えなかった」

「私、一回だけ食べたのよ。氷がふわふわで冷たくて、シロップが甘くて。ああ、もう一回食べたいわ」

「いいなー」

「値段の倍、いや三倍出す。なんとか売ってくれんか」

最後の人には、マルクスが答える。

「すみませんね、まだ量は作れないんです。でも大貴族フェリクス家門が今、準備してますよ。屋台だけじゃなくて、店でも出す予定です。新しい店ができたら、ぜひとも来て下さいね！」

「ああ、もちろんだ。開店したら教えてくれ」

「はい、ちゃんとお知らせしますからね」

こんなやり取りもしょっちゅうだ。

ううむ、開発担当の私、責任重大である。

というわけで、ワインと水の樽にドライアイスを足して、私は一足先にお屋敷に戻る。

さて、これからは冷却についての実験だよ！

小話「ティベリウスの思考」

ゼニスの商売は上手くいっているようだ。

彼女に付けた使用人からの報告を聞いて、俺は事の発端を思い出す。

いきなり身元の知れない平民の少年を屋敷に連れてきて、ランティブロス王子と一緒に銅貨を数え始めた時は、一体何をやっているのかと呆れてしまった。

分家と言えどフェリクス家門の者が、軽率にもほどがある。賢い子だと思っていたが、世間知らずなのはいただけない。平民は追い返し、ゼニスには小言を少々言ってやるつもりで、オクタヴィーと一緒に応接室に行った。

ところがゼニスは予想外の話をし始めた。氷を使って物を冷やし、腐敗を抑える。それを運輸に使うべきだと。

――そんなものは、全く想像外だった。

けれど彼女の言葉は、子供の夢物語ではないと思わせるだけの説得力があった。

俺は頭脳を全力で回転させて、実現の可能性を探った。結果は『出来うる』だ。

今まで誰も思いつきすらしなかった、新しい発想。

肝となる技術は魔法。

そう、魔法だ。オクタヴィーが可能性を見出して飛び込んだ世界。けれど未だろくな結果を出せず、諦めかけていた分野。

ユピテルは比類ないほど豊かな国だ。国土は前代未聞の広さに達して、古今東西のあらゆる物資が首都に集まってくる。

けれどもあまりにも広い国土ゆえに、生鮮物は運搬途中で腐ってしまい、届かぬものも多い。冷蔵運輸とやらが実現すれば、その問題が解決できる。

贅沢に慣れたユピテル貴族たちは、それらの珍しい品物を金貨を山のように積んで買い求めるだろう。

さらには、食料の輸送を劇的に変える。例えば軍の兵糧。

大軍を動かす兵站《へいたん》として、輜重《しちょう》は最重要の位置づけだ。そのうち兵糧は主に麦類などの乾燥させた穀物で構成されるが、それだけ食べていては体が保たない。肉や魚、チーズ、野菜類を長期に渡って断てば、健康を害してしまう。そして、それらは腐りやすかった。

塩漬け肉やドライフルーツで賄っているが、完全ではない。かといって現地徴発は、必ずしも可能ではない。

冷蔵運輸、冷蔵保管はこれらの問題を解決する可能性すらあった。

商売上の好機と国政上の変革。

この大事業を我がフェリクスが先駆けて担うとなれば、どれほどの利益を――私的な収入と国としての公益の両方だ――得られることか。

ゼニスの言う『大きな可能性』に、俺は久方ぶりに心が湧き立つのを感じた。

是が非でも実現させたい。その思いを、表に出さないようにするのに苦労した。

これだけの話を、たった九歳のゼニスが理路整然と提示した事実が信じがたい。天才という言葉ですら言い表せない物を感じた。空恐ろしくすらあるが、彼女に他意はないのは分かっている。一年以上をゼニスと共に暮らして、あの子の性格は把握したつもりだ。

しかしそうなると、この平民の少年――名はマルクス――の扱いが問題になる。

彼は冷蔵運輸の話を聞いてしまった。下手に外部に漏れれば面倒が増える。抱き込むしかないだろう。

本人の話では、病気の母がいるという。それが真実なら都合がいい、母子をフェリクスの使用人として取り込もう。母と子は互いに互いの人質として使える。裏切る心配はぐっと減るだろう。

まずはマルクスの話の裏を取り、身元の確認をする。もしも彼が嘘をついていて、出自や人間関係に大きな瑕疵《かし》があるならば、始末するのもやぶさかではない。

その際はゼニスへの説明が必要だが、恐らくそこまでの事態にはならないだろう。俺が見た限りでは、マルクスは裏表のない少年に見える。

さて。すぐにでも動かねばならない。

冷蔵事業の道筋を頭に描いて、効率的な進み方を決める。

やるべきことは多いが、確固たるゴールが見えている以上、やりがいのある作業である。

軽く息を吐いて、回想から現実へと戻った。あの時考えた通り、既に事態は動き始めている。

常に先手を。幸運の女神を捕まえるには、一瞬たりとも停滞は許されない。

熟考と即断は一見すると矛盾するが、そうではない。

大局的な視点では熟考を、そして個々の行動や手段は即断を。ビジネスにも政治にも通じる思考である。

これからさらに、忙しくなりそうだ。

断熱材探し

ティトと一緒にフェリクスのお屋敷に帰ってきた私は、さっそく課題に取り組んだ。

テーマは『ドライアイスを使わずに、効率よく冷やす』。

ドライアイスの魔法は私にしか使えない。冷たい飲み物とかき氷の商売の規模を拡大するには、他の魔法使いでも扱える方法を考える必要があった。

前世の記憶を掘り起こして、役に立ちそうなものを探る。

まず、冷蔵庫と冷凍庫。これは私の知識では無理。どういう仕組みなのかさっぱり分からない。

次に塩と氷といった寒剤について。

かき氷は飲み物よりも単価が高いものの、塩をふんだんに使えるほどではない。よってコスト的に不採用。

実は塩以外の寒剤として、オクタヴィー師匠から硝石を教えてもらった。

水に溶かすとよく冷えるのだけど、塩よりも高価。つまりとても使えない。

余談だが硝石といえば黒色火薬の材料で、トイレの排泄物を利用して人工的に作るイメージがある。人間の尿に含まれる尿素を、地中のバクテリアが分解してアンモニアを作る。その後いくつかの発酵と分解を経たものを灰汁で煮詰めると、硝石になるのだ。

なんでこんなに詳しいのかと言うと、漫画で読んだからだ。地球の偉人がたくさん異世界に召喚される漂流者な某漫画では、織田信長がそれで火縄銃と火薬を作っていた。

けれどユピテルでは、硝石はあくまで寒剤、ないし食品の防腐剤。ベーコンに使ったりする。

天然物しか存在せず、そのため量が採れなくてお高い。

それから——私は火薬は作らないよ。

もし火薬が出来上がったら間違いなく兵器に、人殺しの道具に使われる。

いつかこの世界で火薬や銃火器が発明される日が来るとしても、それはこの世界の人の手によるべきではないかと思う。

というわけで、寒剤全般もナシである。

それ以外で冷やす方法というと、クーラーボックスだろうか？

前世のお祭りやキャンプで、クーラーボックスに氷を詰めてペットボトルを冷やしていた。

クーラーボックスは断熱性の高い素材で箱を作り、冷たさを閉じ込めて長持ちさせるんだったね。

クーラーボックスの材料は、確か発泡スチロールやウレタン。

――見事にこの国にない素材だった。駄目じゃん、ちくしょうめ！

おっと、つい悪態をついてしまった。失礼。だって考えても考えても壁にぶつかるから……。

でも諦めたらそこで試合終了なのだ。ユピテルで手に入る断熱材を探してみよう。

ぱっと思いつくのは、羊毛。暖かいイメージのある羊毛は、それだけ体温を逃さない断熱性がある。ユピテルでは羊の牧畜が盛んで、布と言えば毛織物だったりする。

毛糸や毛織物ではなく、加工前の羊毛の方が良いだろうか。何なら圧縮してフェルトみたいにするとか。

他には何かあるだろうか？

ティトと一緒に考えたが、思い浮かばない。他の人に聞いてみることにした。

自室を出て、滞在中の食客や使用人、奴隷の人に聞いて回る。

「断熱材のいいやつを知りませんか。羊毛みたいに熱を逃さないやつ」

「羊毛みたいに、ねえ。分からないわ。羊毛そのものなら余ってるけど、いる？」

「下さい。ありがと！」

途中、使用人のおばちゃんから羊毛をもらった。枕に詰める余りだそうだ。

引き続き聞き歩く。何人かは空振りをして、ついに当たりを引いた。

以前、私の基礎教養の教師をやってくれたおじいちゃん先生である。

「わしの故国、グリアはユピテルよりも冬が厳しい土地でしてな。石造りの家はとても冷える。壁に石綿の布を貼り付けて、寒さをしのいだものです」

「石綿……」

アスベストのことか！

前世じゃ健康被害が取り沙汰されていたアスベストだけど、注意して使えば有用だろう。別に飛び散るような使い方はしないもの。

「先生、石綿持ってますか？」

「今はありませんな。が、建材や衣類でよく使われております。買おうと思えばすぐに手に入るでしょう」

お値段を聞いたら、案外お手頃価格だった。後でオクタヴィー師匠かティベリウスさんに入手先を聞いてみよう。

さらに人を捕まえて聞いていると、もう一ついい話が聞けた。

食客のボイラー技師さんである。

「断熱材？　それならコルクでどうだい？　このお屋敷の給湯管も、コルクで包んで断熱してるよ」

そう言って、手持ちのコルクを分けてくれた。コルクの木から剥ぎ取った樹皮の切れ端だ。

これで羊毛とコルクは手元にゲットできた。石綿はまだだけど、とりあえず実験してみよう。

「ティト、部屋に戻ろう。断熱材のテストをするよ」

「はい、色々手に入ってよかったですね」

部屋に戻ってコップを二つを取り出す。呪文を唱えて氷を入れ、羊毛とコルクをそれぞれ巻き付けた。羊毛は上手にコップ全体を包めたけど、コルクは紐で縛っても多少の隙間が出来てしまった。

まあいいか、隙間の分を差し引いて結果を見ることにしよう。

意外に手早く実験の準備が出来てしまった。他にやることはないか、改めて考える。

クーラーボックスといえば、保冷剤とセット運用が多かった。お弁当とか少量のペットボトル程度なら、クーラーボックスに保冷剤を入れてやれば、冷たさが持続する。

保冷剤の中身は何だっけ。ジェル状の吸水ポリマー？　ペットシーツに使うのと似たやつ。

私は前世でも犬を飼っていたので、その辺はおなじみである。

これもユピテルにはない素材だ。まったく、前世の化学製品の豊富さは改めてすごいと思った。

ジェル状、ぷるぷる、そんなワードでふと思い出した。

以前、魔法学院の卒業課題で魔力の体内移動を観察した時。でんぷんのりと魔力石で、偶然に謎の白ぷよが出来たっけな。

あれは結局、あまり使い道がなくてそのままになっている。シリコン粘土みたいなぷるぷる触感なので、ラスと一緒に粘土遊びをしたくらいだ。

あれ、保冷剤にならないだろうか。ダメ元で試してみることにする。

白ぷよを入れていた壺から一部をちぎって取り出し、ちょっと伸ばしてテーブルに置く。

「それも断熱材ですか？」

と、ティト。

断熱材じゃなく保冷剤だよと言いかけて、似たようなものかと思い直した。要は冷たさが保たれればいいわけで。

「うん、ものは試しで」

もう一つカップを出して、氷を入れる。他の二つと同じように白ぷよで包んだ。粘土状なのでよく伸びて、しっかり包めた。

「これでよし。後は夜にでも氷の溶け具合を確かめよう」

「はい」

「時間、余っちゃったね。どうしようか」

「ラス殿下と遊んでさしあげたらどうです？　ここのところ忙しくて、あまり会えなかったでしょう」

「そうだね、でも、ラスも前より大人になったみたいで、寂しいと言わなくなったよ。いつまでも私が構うと、うるさいと思われないかな」

「遠慮してるのでは？」

うーむ、そうかもしれない。あの子、何でも我慢しがちだから。

わがままらしいことを言ったのは、私の里帰りについてきたがった時くらいかな。それ以外はいい子すぎるくらいいい子でいる。

里帰りの件だって結局、連れて行って良かったわけだし。ノーカンだ。

「よし、じゃあ今日は夕ご飯までラスと遊ぼう！　何しようかな、暑いから中庭で水遊びとかどう？」

「いいですね。準備してきます」

「お願いね。ヨハネさんも誘って、事故のふりして水かけたら怒られるかな？」

「あたしは知りませんからね。お説教は一人で受けて下さい」

「えーっ、ティトひどーい」

なんてことを言い合いながら、ラスを水遊びに誘うべく、私とティトは再び部屋を出た。

そして、たくさん遊んだ夕食後。

断熱材の性能実験の結果を見ようとコップを取り出したら。

文句なしのぶっちぎり一番で、白ぷよの優勝だった。

白ぷよ、改め白魔粘土

私の目の前には、テーブルの上のコップが三つ。昼間、氷を入れておいたものだ。

今日の気温は三十度くらいだと思う。湿気が少ないから過ごしやすいけど、氷を室温に放置しておいたら確実に溶ける温度だ。

一つ目のコップはコルクで包んだもの。

氷は完全に溶けてしまって、水だけになっていた。水を触ってみるとまだ多少、冷たい。

二つ目は羊毛。

氷は残っていたが、半分以上が溶けてしまっている。

そして三つ目、謎の白ぷよで包んだコップ。

氷はコップに入れた時の形のまま、ほとんど完全に残っていた。

「すごいですね」

白ぷよのぶっちぎり性能っぷりに、ティトも驚いている。

コップに手を伸ばして触ると、ひやりと冷たい。軽く揺らしてやれば、氷がカランと涼しげな音を立てた。

それに、白ぷよ自体も冷えていた。氷ほどではないが、井戸水と同じくらい冷たい。

いや、これ、おかしいよね?

断熱材というのは、文字通り熱を通さない、通しにくい素材のはず。白ぷよそのものがこんなに冷えているということは、熱を通している、熱伝導していることになる。

それがなんでこんなに氷の冷たさを保っているんだ。

なけなしの科学知識をフル活動させたのに、結果がこれとかどうなってるのさ。

白ぷよはもともと、でんぷんのりと魔力石だった。魔力石は人間やその他の魔力に反応して光る石だ。

白ぷよになっても魔力で光る性質は引き継いでいる。何度か実験で使った。

ということは、科学に真っ向から喧嘩を売っているこれも、魔法と魔力のなせる技か。

「……ん？」

腹立ちまぎれに白ぷよをぷにぷにしていて気が付いた。うっすらと光っている、ような気がする。

昼間なら気づかない程度の淡い光が白ぷよから発せられている。

今は夜、明かりはロウソクの頼りない炎だけ。そんな状態でようやく目視できる程度の光り方だ。

「ティト、ロウソク消してみてくれる？」

「はい」

ロウソクが消えて暗闇になると、今度ははっきり分かった。薄い白い光が白ぷよから放たれている。

確認のため壺に入れたままの残りの白ぷよを見ても、こちらは光っていない。

なぜ？

コップの氷は魔法で出したが、白ぷよを触った時は魔力を集めていなかった。

魔法で生んだ氷の魔力に反応した？　というか、魔法の生成物は魔力を放っているの？

「ゼニスお嬢様、まだ暗い方がいいですか？　もう明かりをつけてもかまいませんか？」

「うん、もういいよ。ロウソクつけて」

ティトがロウソクを灯して、炎のオレンジ色で部屋が再び照らされる。

――炎。一つ思いついて、小火の魔法を唱えた。

『小さき炎の精霊よ、その舞い踊る熱を我が指先に灯し給え』

指先に生まれた小さな火に、壺からちぎって取り出した白ぷよを当てる。

火がついている間は分かりにくかったが、魔法の効果が終わって暗くなると、やはり白く光っているのが見て取れた。

それから、白ぷよはじんわり温まっている。

次にまた新しく白ぷよを取り出して、今度はロウソクの炎に当てた。

魔法の火と同じくらいの時間を当てた後、明かりから離れて確認したが光っていない。温まってもいない。

「これはまた、けっこうな大発見だなぁ……」

きょとんとしているティトの隣で、私はじわじわ湧き起こる興奮を感じていた。

白ぷよの性質をまとめてみる。
・魔力に反応して光る。
・魔法の生成物の性質を反映する？（氷は冷たくなり、炎は温まる）
・断熱性が高い？
そして新しく判明したのは、『魔法の生成物は魔力を放っている』。

白く光ったのは私の魔力の色を引き継いでいるのか、もしくは生成物は全て白いのか。

色んな不思議が少しずつ、何枚もかぶっているヴェールをめくるようにあらわになって、また違う謎を見せてくれる。

……面白い。

気になる。

魔法も魔力も、本当に興味深い！

これはもう、確かめずにはいられないッ！

明日もマルクスの屋台に行くけれど、それでもだ。大丈夫、余力はちゃんと残す。

私は白ぷよの壺を抱えると、ティトに向かって言った。

「ティト！　師匠の部屋に行くよっ」

「今からですか？」

「そうだよ！　早く早く」

まるでイカレポンチだった頃のように、私はティトをせっついてオクタヴィー師匠の部屋へ走った。興奮で気が急いて、ほとんど全力疾走で走ってしまった。

「師匠、師匠！　大発見です!!」

ノックの返事も待たずにばーんとドアを開けて、私は叫んだ。


夜になって押しかけた弟子にオクタヴィー師匠は不機嫌な顔をしたが、それでも話を聞いてくれた。

「へえ、なるほどね。この白い変なものにそんな性質があったの」

「魔法の生成物が魔力を放っているのも、新発見ですよね？」

「ええ。わざわざ魔力石を使う人はいなかったわ」

師匠に氷と炎の魔法を使ってもらい、白ぷよを当ててみる。

師匠の魔力色は淡いオレンジだ。

結果、白ぷよは淡オレンジ色に光った。

魔法の生成物も元の使用者の魔力色を反映するようだ。明日以降、師匠以外の魔法使いにも頼んで試してみよう。

「それで、これで氷を包んでおけば冷たさが長持ちするのね？　なら、飲み物とかき氷の問題はクリアできそうじゃない」

師匠は新しい発見よりも、それによってもたらされる効果に気を取られている。なんとも実業家気質の彼女らしい。

「それはもちろんそうですけど、この白ぷよの保冷性が魔法の氷だけに発揮されるのか、それとも普通の氷でもいいのか。それから炎や氷といった『熱』以外の効果は反映されるのか、調べたいことがいっぱいです」

私はめちゃくちゃ早口である。

「そういうのは後にしなさい。今は冷たい飲み物とかき氷の商売が第一でしょ。そっちに集中して頂戴」

「そ、そんな。だって原理はもちろん性質もちゃんと明らかになってないんですよ。調べたいじゃないですか！」

「駄目。ゼニスはすぐそうやって脇道に逸れるわね。先に氷関連、これは命令よ」

「うぐぐ……」

師匠にして上司、かつ恩人である彼女の命令は絶対だ。

でも、諦めきれない私は食い下がってみた。

「ちゃんと調べないと、危険かもしれないですよ。毒があったりとか、未知の物質ですから。ほら、調べる必要あるでしょ？」

「きみ、ラス王子と一緒にこれで粘土遊びをしていたでしょう。何か害があった？」

「……ないです……」

撃沈である。

まあ、元の材料もでんぷんのりと魔力石だ。別に未知でもない。魔力石自体は昔から使われていて、有害だという話は全くない。

くそう、いや、諦めたらここで試合終了だから、なんとかして。

「ゼニスお嬢様。諦めて下さい」

ティトに後ろからぽんと肩を叩かれた。ここに私の味方はいなかった。

孤立した私はプレッシャーに耐えきれず、とうとう白旗を上げたのだった。

「さて、それじゃあこれの名前を考えないとね。いつまでも『コレ』とか『白』じゃあ分かりにくいもの」

意気消沈する私を軽くスルーして、師匠がそんなことを言った。

「私は『白ぷよ』と呼んでいます」

「『フェリクスの白《アルブム・フェリクス》』、なんてどうかしら」

無視かい！

なんでよ、白ぷよ、いいじゃない。四つくっつけてばよえーんと消すやつだよ。

「少し高尚すぎるかしら。平民向けの商売に使うのだし、もっと親しみやすくてもいいわね」

「白ぷよ……」

「魔力石からできた粘土ですから、『白魔粘土』などいかがでしょう」

と、ティト。

「あら、いいわね。少々散文的すぎるきらいはあるけれど、分かりやすいもの。白魔粘土にしましょう」

こうして白ぷよは、白魔粘土と命名された。製作者の意向は無惨にも投げ捨てられたのだ。

そして当面は、白魔粘土の研究は氷の商売関係に限定され、自由にできるのは秋以降と決められてしまった。かなしい……。

とはいえ、大きな発見に変わりはない。

この夏は氷の商売に全力投球して、不思議の追究は秋のお楽しみにしておこう。

さて次は、白ぷよ、じゃなかった、白魔粘土の断熱性能をもう少し確認した上で、実用化をやってみようっと。

白魔粘土は断熱材、保冷剤として最強なのが分かった。

今までは樽にドライアイスを入れて、その上に水やワインの瓶を重ねるようにして置いていた。

これを工夫してみよう。

いつも通りマルクスの屋台に同行した後、早めに帰ってきて実験スタートだ。

場所はいつもの中庭。

まず、樽の内側を白魔粘土で覆うように貼り付けてみる。白魔粘土に防水性、耐水性があるのは確認済みである。

それから魔法で氷を入れた。

水瓶も樽の中に入れる。

ドライアイスであれば、水を足して白いスモークが発生するため、そんなに量を入れる必要はない。

でも氷はそんなことはないので、水瓶と樽の隙間を埋めるように上の方まで氷を足してみた。

冷気を閉じ込めるのに蓋をしたいところだが、実際の売り場ではひっきりなしに売れて蓋をする暇がない。

せめて、ということで、ひさしをつけることにした。これで直射日光を遮ることができる。

白魔粘土は量に限りがあるから、他の素材も活用することにした。

羊毛とコルクを、それぞれ断熱材として外側に巻き付けてみる。

ちなみに石綿はコップの氷で試してみたら、断熱性能はそこまでではなかった。

健康被害も心配だし、それなら羊毛とコルクでいいやとなったのである。

コルクは給湯管の断熱に使うのと同じ、ちゃんとした大きさのあるやつを購入した。……フェリクスのお金で。

羊毛は、私は加工前のモフモフのでいいと思っていたのだが。毛織物の職人と相談した結果、フェルトを使うことになった。

グリア（おじいちゃん先生の故郷だ）周辺の民族帽子にフェルトを使ったものがあり、その布地がいいのではと提案されたのだ。やはり素材は、その道の詳しい人に聞くのが一番だね。

ちょいとお値段は張るものの、使い回しができるから。良いものを仕入れようと、ティベリウスさんも同意してくれた。

最後に、断熱材は何も使わない樽だけのものにも氷と水瓶をセットした。

何もしなければどのくらいのスピードで溶けるのか、ティトに見ていてもらう。

中庭に水時計を持ってきた。水時計があれば正確に時間が計れる。

この水時計は『流出式』と呼ばれる形式。人の背丈ほどもある箱の一部にガラスがはめ込まれていて、目盛りが付いている。箱の下の方には蛇口がある。

使い方は、まず箱いっぱいに水を満たす。次に蛇口をひねって水を流し出す。すると箱の中の水が時間経過で減っていくので、水面の高さを目盛りで見れば時間が分かるという仕組みだ。

スタート時の水量が多い時と水が減った後の水圧の差まで計算に入れて目盛りを作ってある、何とも芸の細かい時計なのである。

一通り、実験の仕込みを終えた。あとは時間経過を待って結果を見よう。

待ち時間の間に、オクタヴィー師匠の様子を見に行くことにした。彼女は今、新しく雇い入れた魔法使いたちに氷の魔法を仕込んでいる。

お屋敷を出て魔法学院まで行く。

「こんにちは！　調子はどうですか？」

師匠の研究室では、五人ほどの魔法使いが呪文の練習をしていた。四人が男性で一人だけ女性だ。

「すっかり腕がなまっていたので、鍛え直している最中です」

男性の一人が苦笑交じりに言う。彼は魔法学院卒業後、実家に戻って特に魔法と関係のない家業を手伝っていたそうだ。

他の面々も似たようなものだった。

というか、魔法使いの大半は軍に入隊してしまうから、フリーの人材はあまりいない。本当に魔法使いの技を生かして暮らしている人は、それはそれで身元が不確かだったりして信用に欠ける。よってフェリクスの縁を頼って集めた彼らは、人間的に信頼はできる反面、実力はちょいと劣るのだ。

『小さき氷の精霊よ、その息吹を欠片として、我が手に贈り給え』

女性の魔法使いが呪文を唱えると、手のひらサイズの氷が一つ生み出された。

「今のところ、このサイズの氷を一日に十個作るのがせいぜいです」

皆がうなずく。

うーん。一人十個だと、樽を一つ埋めるのにも足りない。途中で継ぎ足すのを考えると、もう少し頑張ってほしいところだ。

「師匠、彼らの指導はどういう内容でやってるんですか？」

「魔法学院の講義と同じよ。手に魔力を集中させて、イメージを明確にした上で呪文を唱える」

「基本のやり方ですね。あの、せっかくですから、一つ試してみませんか？」

私は残りの白魔粘土を入れた壺を取り出した。ほとんど使ってしまったせいで、前よりもずっと小さい壺に入れ替えたのだ。

「体の中で魔力を循環させて、増幅するやり方です」

「きみの卒業課題のレポートで書いていたやつね。あれ、そんなに効果があるの？」

「私には効果大でした。試してみる価値はありますよ」

「そうね、じゃあお願い」

許可が出たので、私は白魔粘土を小さくちぎって体に貼り付けた。額、首元、心臓の上、下腹部、それに右腕の何箇所か。

いくら子供でも他人の前で素っ裸になるわけにはいかないので、服を着たままだ。夏だから薄着だし、頑張って魔力をたくさん流せば服越しでも光って見えるだろう。

「魔力の起点は脳……ええと、額の奥の方を意識します。それから首を通って心臓へ。下腹部を通って腕へ。実演してみますね」

軽く目を閉じて脳に意識を集中させる。

魔力の熱が灯ったのを感じたら、血流に乗せるようにして心臓へ。脈打つように魔力が濃くなり、それを下腹部へ。

体の中を進ませるごとに強まる魔力を感じながら利き腕、右手にそれを集める。

卒業課題で気付いて以来、時間がある時に訓練してきた。そのおかげで前よりずっとスムーズに魔力を回せる。

『小さき氷の精霊よ、その息吹を十の欠片として、我が手に贈り給え』

先程の基本的な呪文に数指定を入れた。ひやりと生まれる冷気に、ずしりと重い感触。

目を開けると、手のひらからこぼれてしまった氷がいくつか床を転がっていた。

このくらいなら、一日に十回使っても余裕がある。

「すごい！」

「さすがオクタヴィー様の弟子」

いっせいに称賛を浴びて、ちょっと怯む。

「えっと、魔力の流れに応じて白魔粘土が光ってるの、分かりましたか？」

「はい。額から始まってどんどん強くなってしまいました」

「僕はあそこまで魔力が強くないから、無理そうです」

おい、最後の人。そういう意味で実演したんじゃないの。個人の魔力がそこまででもなくても、工夫次第でより効率よく引き出せる方法をやってみせたの！

……という思いをそのまま言うわけにはいかないので、頑張ってオブラートに包んで伝えた。頑張りすぎて一部噛んだ。

何とか分かってくれたようで、それぞれ魔力の循環を練習し始める。

けれど初めてのことで、皆さんなかなかうまくいかなかった。

「あまり効果ないわね」

と、オクタヴィー師匠。

おかしいな、私の時は最初からけっこうな効果が出ていたんだけど。

「血液の流れを意識して下さい。脳、心臓、下腹部はそれぞれ大きな動脈で繋がっていますから」

「大きな動脈?」

人体模型図を思い浮かべながら言ったが、皆戸惑っている。

あああ、そっか、ユピテルの医学はそこまで発展していないんだ。前世なら子供でも知っているような体の構図も、ここでは医者ですら正確に把握していない。人体は割とブラックボックス扱いされている。

家畜の解体は日常的にされているから、もっとこの辺りが発達していてもいいと思うのに。人間の解剖は敬遠されてるのかなぁ。

「あー、えーと、頭と心臓、下腹部は太い血管で繋がっています。ですので、血の流れを意識して魔力を流せば上手くいくはずです」

私が言うと、魔法使いの一人が不審そうな顔をした。

「どうしてそんなことを知っているのですか? まさか人間を腑分《ふわ》けしたことがある?」

「え」

「そんな、恐ろしい」

皆さんざわざわしながら一歩下がった。オクタヴィー師匠は腕を組んで眉を寄せている。

「違いますっ！　えーとえーと、ほら、豚や羊なんかの動物を参考にしたんですよ。私は田舎出身なので、家畜の解体は見たことがあります」

私は必死に言い訳をした。前世の話は出来なくて、もどかしい。

なお家畜の解体は、イカレポンチだった頃に故郷で見たことがある。私はグロ耐性が低いが、当時は野性児だったせいで平気だった。今なら間違いなく卒倒するだろう。

「ふぅむ、そういうことならば……？」

「魔力が血の流れに乗るのは、確かな話ですからね」

彼らはやっと納得してくれたようだった。

人体や血管に対する明確なイメージがない以上、地道に練習するしかなさそうだ。

やって損することではないので、魔法の練習カリキュラムに組み込んでもらった。

もう少しばかり魔力効率が上がれば、屋台の方は任せられるのではないかと思う。

しかし、卒業課題のレポートを提出した時、師匠や学院の人たちの反応が鈍かったのはこういうことだったのか。

全体的に人体への理解度が低いから、色々言われてもピンとこなかったんだ。うっかりしてたなぁ。

それからしばらく魔力循環の指導と手伝いをして、私はお屋敷に戻った。

魔法使いたちも少しだけコツを掴みつつあるようだったので、今後に期待である。

中庭に並べておいた樽を確認する。

経過時間は三、四時間程度。気温は今日も三十度超えで、お日様もよく照っている。

予想通り白魔粘土を内側に巡らせた樽は、冷凍庫に入れてたのかってくらい氷が保たれていた。

日光が当たった最上部が多少溶けている程度だ。

もちろん水瓶の水はよく冷えている。

コルクと羊毛の樽もまずまずの結果だった。

上の方はだいぶ溶けて水になっているが、水瓶を引き上げると底の方に氷がけっこう残っている（なお、自力で水瓶を引っ張り上げようとして尻餅をついたので、力自慢の奴隷の人に手伝ってもらった）。

水瓶はちゃんと冷えていた。

なおコルクと羊毛でそれほど差はなかった。コップで実験した時は、コルクで隙間があいてしまったのが良くなかったようだ。

樽だけの方は、見事に氷が全部溶けていた。水瓶の中身もぬるくなり始めている。

「樽だけの氷は、ものの三十分程度で上の方が溶け始めて、一時間もするとずいぶん溶けていました。コルクと羊毛も上の方が溶け始めるのは早かったですが、それ以降は粘っていましたね」

観察係を任せていたティトが教えてくれた。

便宜上『分』とか『時間』とか言ってるが、ユピテルには独自の単位がある。が、その辺は私が脳内で前世の単位に変換しているということで。

聞き取った経過と、今の結果を書板にまとめていく。学生時代からお世話になっている、ロウ引きの木板だ。後で紙に清書してティベリウスさんに提出しよう。

本当の本音を言うと、せっかく氷をたくさん出したので、時間経過で消えてしまう魔法の生成物の観察もしたかったんだけど。

そういうのをやり始めると、夢中になってしまいそうだから自重した。私、えらい。

「それにしても、白ぷよ……白魔粘土の性能がダントツですごいね」

「ええ。溶け具合を見ていても、違いすぎて驚きました」

そんなことを話しながら紙に清書した。きちんときれいに書けたので、さて、ティベリウスさんのところへ持っていこうか。

新店舗と駆け抜ける夏

夕食後、ティベリウスさんの帰宅を待って断熱材の報告書を持って行く。

執務室に行くと、オクタヴィー師匠もいた。

「なるほど。白魔粘土の性能が、他を大きく引き離しているね」

リウスさんはうなずいた。

「早速、白魔粘土の増産を……と言いたいところだが。今、オクタヴィーと話していたよ」

「魔力石の在庫があまりないのよ。魔法学院の保管分はもちろん、ツテを当たっても大した量は確保できなかったわ」

なんと。

魔力石は白魔粘土の材料。そういえば、私が魔力石をまとめ買いした時もそんな話を聞いたっけ。今までこれといった使い道がなかったから、供給量もすごく少ないと。

「魔力石は、どこで採れるんですか？」

これまで産地とか気にしたことがなかったので、聞いてみた。

師匠が答えてくれる。

「北西山脈の河原ね。川岸の石にまじって時折落ちているの。今までは現地の住民や行商人が、本業のついでに拾って来て納品していたわ」

河原に落ちているのか。ついでに拾ってくるとか、魔力石がいかに地味な存在だったかうかがえる。

北西山脈はユピテルの国境にあたる。山脈の向こうはノルド地方といって、小さな部族が割拠する土地だ。ユピテルとノルドはお互い小競り合いはあるものの、山脈が天然の防壁となって本格的な侵攻が難しい。

北西山脈は標高の高い山々が連なる大山脈。万年雪をかぶっている山も少なくない。麓には広大な森林が広がっていて、例の魔法の起源とされる北部森林地帯に繋がっている。

これらの森はユピテルの重要な資源で、建築物や船舶の建材、それに市民の暮らしを支える薪の調達先となっている。薪は前世の石油みたいなもので、煮炊きにも暖房にもお風呂にも大量に使っているのだ。

そして魔力石は、唯一この場所でしか採れない。少なくとも他の場所で見かけた例は全くないとのこと。

「採集隊を組む準備はすでに進めている。数日中に出立できる予定だ」

と、ティベリウスさん。相変わらず手際がいいね。

「今、確保できた魔力石は、七十個強。これでどのくらい白魔粘土が作れるかしら?」

「えーと……」

前に十三個使って、樽一つを覆うくらいの量ができた。

「樽の断熱材として、五個か六個分くらいですね」

「やっぱり心もとない量よね。早く次を確保したいわ」

今、屋台で樽は六個使っている。水が三つにワインが二つ、それにかき氷が一つ。

他に店を出すのを考えたら、足りない。

「羊毛やコルクも一定の効果があるようだね。白魔粘土が行き渡るまでは、これらも活用していこう」

ティベリウスさんが言って、師匠と私はうなずいた。

彼は続ける。

「今後のことを話そう。雇い入れた魔法使いの腕はまだまだだが、今後、及第点まで持っていけたと仮定して。フェリクスの店舗は一店、すぐにでも開始できるよう準備を整えてある。屋台ももう一つ確保済みだよ。これらは増やそうと思えばすぐに増やせるが、やはり供給能力が問題だ」

「特にかき氷ですね。飲み物を冷やすだけなら、断熱材をつけた樽と氷で何とかなると思います。でも、かき氷は零度……氷が溶けない温度をキープしないといけないので、ドライアイスじゃないと難しそうです。それとも、都度魔法で粉雪を出すか」

私の言葉を師匠が受ける。

「都度は無理でしょう。粉雪の魔法だって、氷の魔法と魔力の消費はそんなに変わらないわ。そんなことをしていたら、すぐに魔力が尽きてしまう」

「そうですか……」

「ゼニス、きみの魔力量がかなり多いのよ。規格外とまでは言わないけどね。そこをちゃんと分かって頂戴」

私を基準に考えるなってことか。人材運用の基本だなあ。

さらに話し合いは進み、最終的にこんな感じになった。
・今の屋台に加え、店舗を一つ追加する
・屋台でかき氷は廃止。飲み物だけにする
・屋台の氷は雇い入れた魔法使いを複数人つけて確保する
・屋台の樽は白魔粘土を使う
・店舗では飲み物とかき氷を扱う
・店舗の担当はゼニス。かき氷を確保する。補佐で他の魔法使いを一人か二人つける
・店舗の樽は余った白魔粘土と、足りない分は羊毛とコルクで補う

店舗の方が直射日光が当たらないし、温度管理がしやすいのでこうなった。

念のため、屋台にもドライアイスを準備する。朝、出発する前に白魔粘土の樽に入れることにした。魔法で生み出したドライアイスは、消滅してしまうまで約十六時間。朝六時に出せば夜十時まで存在する。十分だった。

それからドライアイスは危険物ってほどではないが、凍傷や室内でたくさん溶かすと呼吸困難の恐れがある点は伝えた。スモークを吸うのも駄目。

まあ、屋台は屋外だからそんなに心配ないけど。お客さんの子供がいたずらしたりしたら危ないよね。

買い集めた魔力石は魔法学院でまとめて保管しているそうで、明日、白魔粘土を作ることにした。でんぷんのりも魔法学院にあるそうだ。

魔力石は三分割程度に割っておくようにお願いしておいた。

そうして白魔粘土も作れるだけ作り、断熱材として樽に使うことで、私の魔力消費は相当に減らされた。

氷もドライアイスも途中で継ぎ足すことがほとんどなくなったよ。

雇った魔法使いたちは少しずつ魔力循環が出来るようになって、実力が上がってきた。

そろそろ頃合いだ、ということで、冷えた飲み物とかき氷を提供するお店、ついにオープンである。

お店は角地で、大きく開いた入り口がお洒落な外観。表通りに近い立地で立ち寄りやすい。さすがはフェリクス、いい土地を確保した。

椅子席は店内の他、お店の前の路面もテラス席として取った。

時に夏は真っ盛り。

事前に繰り返し、お店の開店と屋台でのかき氷販売終了を伝えてきたので、大きな混乱もなく当日を迎えた。

……ごめん、嘘。オープン当日は少なくとも私は大混乱だった。

だって、お客さんが大挙して押し寄せてきたんだもの！

なんか、屋台のときより人数が多ぃ。

よく見ると身なりの良い人、貴族や裕福な商人などもまじっている。貴婦人然とした人もいる。

彼ら彼女らも冷たい飲み物やかき氷は気になっていたけど、庶民ばっかりの屋台に並ぶのは抵抗があったらしい。立ち食い、立ち飲みだしね。

椅子席のあるお店だからと、張り切ってやって来たようだ。

私はいつも通りドライアイスとかき氷の粉雪を確保して、あとはちょびっと接客を手伝えばいいと思っていたら、甘かった。

もう大忙し。カウンターもウェイトレスさんもフル回転で、私も駆り出された。

「二番のテーブルに水割りワイン二つとシロップ水一つ。かき氷は二つ！」

「はい！」

「六番はかき氷三つ!!」

「はいぃ」

お店からはみ出た長蛇の列は、どこが最後尾かもよく分からない。

長く待たされてうんざり顔のお客さんもいたが、場を保たせるために飴玉を配って時間を稼いだ。

そしてお店に入り、冷たい飲み物を飲むとみんな笑顔になる。

大人から子供まで、平民も貴族も美味しそうにドリンクを飲んで、かき氷を食べている。

当面はドリンクとかき氷のみのメニューにしたのも当たりで、客の回転が速い。列が長い割にはちゃんとさばけている。

中には一日に何度もやって来るお客さんもいて、「冷たいものを飲み食いしすぎるとお腹壊しちゃいますよ」と冗談めかして言ったりもした。


こんな調子で次の日も、その次の日も大繁盛だった！

まだしばらく暑い日は続く。その間、私たちは毎日大忙し。積み上がっていく売上の銅貨を横目に、一生懸命働いたよ。

やがて空気に秋の気配が混じるようになって、ようやく客足も落ち着いてきた。

かき氷は販売終了、冷たい飲み物は規模を縮小して続けることになり、私はドライアイス係の役目を終えた。


――こうして、忙しかった夏は幕を閉じたのである。

学院買収

忙しかった夏が終わり、季節は秋へと変わっていった。

マルクスの屋台から始まった冷たい飲み物とかき氷は、ひと夏ですっかり首都の名物になった。

秋になった今、屋台は撤収、お店は普通の飲食物のメニューを追加して営業中。これから寒い季節に向けて、公衆浴場《テルマエ》に出店する話も出ている。まだまだ氷の商売は終わらないよ。

夏の間のお客さんは、首都の市民だけでなく各地を行き来する商人や旅人なども多かった。

商人たちはいつでも目ざとくて、新しいものやお金になるものをチェックしている。

実は南部大陸の属州を拠点にする大商人から、氷の商売に一枚噛ませて欲しいとの打診もあった。

彼の地元で飲み物やかき氷を売りたい、と。

でも残念ながら、氷を扱うには魔法使いの力が必須。で、魔法使いは極端な人手不足である。

ティベリウスさんがきっちり断っていた。

後でこんなことを言っていたよ。

「そう簡単に氷の力を外部に渡すはずがない。何せこの先、ゼニスの言う『輸送革命』が待っているのだからね」

冗談とも本気ともつかない口調だった。この人の腹の中は読めないなあ。

それ以外の旅人や行商人などは、純粋に飲み食いを楽しんでいたようだ。

彼らが故郷に帰ったり、違う土地に商売に出かけたりした際に氷の話をすれば、口コミでどんどん広がっていく。

ユピテル人は旅行好き。街道も整っているから、旅する人は多い。

来年になれば、首都の外からやって来た人も冷たい飲み物とかき氷を楽しんでくれるかもしれないね。


氷の商売のお陰で、銅貨とはいえなかなかの金額をゲットできた。ティトに臨時ボーナスを出したり、実家に仕送りしたり、ラスにお菓子を買ってあげたりしても、まだ残っている。

金銭的に余裕のできた私は、魔法学院で研究室を借りることにした。

今まで名ばかり研究員で自前の研究室も持てず、図書室の隅でレポート書いてたりしていたのだ。

これでやっと一人前だよ！

フェリクスのお屋敷は居候だから、自分の城が持ててとても嬉しい。

ユピテルの成人は十七歳。それまでにもっと実績を積んで、独り立ちできるようになりたいね。

そんなこんなで夏よりはのんびりと日々を過ごしていた。

忙しい間は封印していた、魔法の生成物や白魔粘土の実験観察も始めた。

調べれば調べるほど興味深くて、ついのめり込みそうになってはティトに注意されているよ。

魔法の生成物は、一定時間で消える。短くて数時間、長くても丸一日を超えるものはない。

理由は分からない。

そして、魔法で灯した火を薪などに移すと、その火は時間が経っても消えない。魔法の水を飲んでも、突然脱水状態になることはない。

これらのことから推測するに、元々が魔法の生成物であっても、この世界のものと交わると魔法の性質を失うのではないかと思った。

火は分かりやすい。火の魔法はあくまで着火源で、熱が可燃物に結びつけば燃焼になる。

水はどうだろう。飲んで体内で消化されれば……というところか？

気になるので調べてみる。

水桶に水の魔法の水と、普通の水を混ぜて様子を見た。

結果、魔法の水は所定の時間で消えた。その分だけ桶から水かさが減っている。単純に混ぜるだけでは駄目らしい。

次に魔法の水に油を足して、卵を加えてかき混ぜる。すると卵のタンパク質が界面活性剤になって、水と油が混ざる。乳化ってやつだね。

そうしたら、水は消えなかった。

うーん？　つまり、粒子レベルで変化があれば魔法の生成物ではなくなるってとこ？

どういう判定なのか不明が多いが、とりあえずのラインは分かった。

ついでに乳化を使えば色んな物が作れる。代表例はマヨネーズだ。

でもマヨネーズに使う卵は、日本のものと違って雑菌だらけ。私は殺菌消毒の魔法を使えばいいが、そうでなければ食中毒になってしまう。

少なくとも一般化はできないなー。残念。

なお、殺菌消毒の魔法は指定した物に付着・内包している細菌を殺すというもの。この機会だから作ってみた。

呪文はこうだ。

『公正なる死の精霊よ、此れに宿る、人の目に映らぬほど微細なる生命たちを、全て死に至らしめ給え』

本当に殺菌されているかどうか確かめるのに、生卵を食べた。こう、卵をかきまぜてズズーッと。

お醤油はないので、魚醤《ガルム》という魚を発酵させた調味料を垂らして。

「絶対にお腹を壊します。ゼニス姉さま、やめて！」

「生卵を食べるなんて、正気じゃないですよ！」

と、ティトとラスは必死に止めてくれたけど、どうしてもやらねばならんのだ。

「ごめんね、二人とも。でも大丈夫。私は私のお腹を以て、魔法の正しさを証明してみせるから！」

と宣言して食べた生卵の味わいは懐かしくて、ほかほかの白米が欲しくなったよ。

その後お腹を壊すことはなく、無事に殺菌の事実が立証された。

話を聞いたオクタヴィー師匠はドン引きしていた。

「生卵を食べたの？　本当に？　……よくやるわ」

「けっこう美味しいですよ。師匠もどうですか」

「食べるわけないでしょ！」

と、まあ、こんな一幕があったりして。

忙しい間は手を付けられなかった魔法の実験や研究が出来て、充実した時間だった。


そんなある日、ティベリウスさんから呼び出しがあった。

ティトと一緒に執務室へ行くとオクタヴィー師匠も既に来ていて、私たちを待っていた。

「今日は二つ、ゼニスに伝えたい件がある」

ティベリウスさんがそう口火を切る。

なんだろ？

緊張する私に、リウスさんは優しく笑いかけた。

「悪い話ではないから、気を楽にして。では、軽い話からしようか。

きみの弟のアレクを、この屋敷で預かることになった。

ランティブロス殿下の学友としてだ」

ランティブロスはラスの本名だ。

「ゼニスも学友の立場だが、やはり性別が違うと不便な上、きみ自身も忙しくなったからね。アレクと殿下は同年齢で、しかも仲がいいんだろう？　もともと、学友役の男の子を分家筋から探すつもりだった。ちょうどいいと思ってね」

去年の里帰り以来、ラスとアレクはすっかり仲良しになった。時々手紙のやり取りをしているみたい。

アレクは最初は読み書きができなかったのに、ラスと文通するのに頑張って字を覚えた。今では私宛にも、子供らしい下手くそな字の手紙をくれる。

ユピテル貴族の標準的な教育課程は、十歳くらいまでは家庭教師をつけて基礎教養の習得。それ以降は貴族向けの学校に通う。そこで十四、五歳程度まで学んで、以降は専門の教師に師事したりする。

私の実家みたいな田舎貴族でも、跡取り息子は数年、首都に留学させるケースが多い。だからアレクの本家預かりは、悪い話じゃないと思う。

「ゼニスの両親に手紙で打診した。秋は繁農期だろうから、冬になってから受け入れるつもりだ」

「分かりました。私、今年も年末に里帰りをしようと思っていたのですが、入れ違いになってしまうでしょうか」

「では、ゼニスの里帰りが終わって首都に戻る時、アレクも一緒に連れてきてもらおうか」

「はい」

アレクは今、六歳。姉の私と一緒の方が道中も安心だろう。

あの子もこのお屋敷で暮らすことになるのか。思ってもみなかったが、楽しみだ。

手紙を読む限り、わんぱくというか野性児っぷりがレベルアップしてるみたいだけど、上手に馴染めるかな？

ティトの方を振り返ったら、ちょっと苦笑してるような目線とぶつかった。同じことを考えていたみたい。

「次の件だが」

ティベリウスさんが続けて、私は彼に向き直った。

「これは、オクタヴィーから話してもらおう」

「ええ。魔法学院の話よ」

師匠が一歩、前に出る。

「結論から言うと、魔法学院はフェリクスで運営することになったわ」

「へ？」

過程をすっ飛ばした結論に、思わず間抜けな声が出る。

そんな私に軽くため息をついて、師匠は教えてくれた。

「もともと魔法学院は、約六十年前に当時の高名な魔法使いが私塾として始めたの。その後、貴族や裕福な平民たちが弟子入りして、寄付金で規模が大きくなって、今の形になったわ。

で、少し前まではフェリクスともう一つの大貴族家が半々くらいの割合で出資していたのだけど。うちが出資の割合を大幅に増やして、経営権を取った。もう一つの大貴族とも穏便に話がついたわ。魔法使いの可能性にまだ気づいていないようで、ご愁傷さまって感じ」

「じゃあ、師匠が学院長になるんですか？」

今の学院長は、四十代の頭髪がちょっと寂しいおじさまだ。正直影が薄い人で、師匠のほうがよっぽど偉そうにしている。

「いいえ。女の私が前に出ても、あまりいいことがないもの。学院長はそのまま続投。彼は中立派だから、うちに抱き込む形になるわね」

「そうですか……」

ユピテルは男性優位の社会だ。家父長制だし、元老院議員は基本的に男性しかなれない。

ただここ何十年かで女性の地位も上がってきた。以前は女性に相続権がなかったけど、ある事件をきっかけに認められるようになったし。

事件とは、五十年ほど前の貴族同士の争い。小規模な内乱に発展して、敗北した貴族たちは財産を没収されてしまった。その時、没収の抜け道として女性に財産を持たせておくという手が出てきた。女性は嫁入りしたりで追跡困難だったのを逆手に取った感じ。

で、それがそのまま法律として成立し、正式に認められるようになった。

財産を持てるようになった女たちは、社会的な地位や発言権を向上させたのだった。

師匠はニヤリと笑って言った。

「でも、私が実質上の学院長よ」

「影の番長ってやつですね」

「なによ、番長って。とにかく、今後は魔法使いの育成や確保もフェリクス主体でやっていくことになるわ。ゼニスも教師として働いてもらうわよ」

「え、私、九歳ですけど、いいんですか」

「今さらでしょ。きみの受け持ちは、例の魔力循環ね。二年次の基礎魔法の習得と並行して、あの

やり方を教えて頂戴」

「はい！」

魔力循環は、氷の商売で雇い入れた魔法使いたちで一定の成果が見られた。魔法学院の教科に採用されるくらい、きちんと認めてもらえた。正直嬉しい！

教えるのは下手くそだけど、頑張ってみよう。教師なんて前世の教育実習以来だよ。

それから、魔法学院の経営について詳しい話を聞いたり、私の受け持つ授業をいつ始めるか、話し合ったりした。


これから先は、夏とはまた違った忙しさになりそうだね！

書き下ろし番外編

公衆浴場《テルマエ》に行こう！

TENSEI DAIMAJYO NO ISEKAIGURASHI

今日はわくわく、お風呂の日！

何の話かというと、初めて公衆浴場《テルマエ》に行くのである。

ユピテルはお風呂文化、温泉文化の国だ。某お風呂でタイムスリップするローマ人のごとく、老いも若きもお風呂に情熱を燃やしている。

公衆浴場という呼び名ではあるが、日本の銭湯とはまた違う。日本でたとえるならスーパー銭湯や温泉レジャー施設みたいなものだろうか。

お湯に入って体をきれいにするだけではなく、各種の娯楽や社交の場としても機能している。テルマエはユピテルの象徴にして、実際に街の中心となる。新しい街が建設されたら、まずテルマエから造られるのは有名な話だ。

そんなわけで私は、今日のテルマエツアーを楽しみにしていた。


秋の日の午後である。爽やかな秋風が吹き抜ける空を、私は玄関先から見上げた。

本日向かうのは、アグリッパ大浴場。先の戦争で活躍した軍人の名前を冠した、由緒あるテルマエだ。

大きさとしては中の上くらいだが、高級住宅街のほど近い場所にあるだけあって、客層も良い。浴場の掃除とメンテナンスも行き届いている。

これが下町の治安の悪い浴場になると、人相のよろしくないお兄さんたちのたまり場になっているらしい。薄汚れている上に、賭博やら刃傷沙汰やらもちょいちょいあるという噂を聞いて、ちょっとビビったのだった。

フェリクスのお屋敷を出て坂を下る。

メンバーは、オクタヴィー師匠、私、ティト、それに奴隷の人が数人。女性ばかりである。

テルマエは時間入れ替え制で男女が別れるので、ラスとヨハネさんはお留守番になった。ラスくらい小さい子なら女湯でも問題なさそうだが、「いいえ、行きません！　ゼニス姉さまとお風呂なんて入りません！」と顔を真っ赤にして断られてしまったのである。しょんぼり。

師匠はいつも通り輿に乗って、私とティト以下は徒歩で行く。

三十分ほども歩くとアグリッパ大浴場が見えてくる。

レンガと石造りの大きな建物で、中央のドーム状の屋根にまず目を引かれた。ドーム屋根の横の方からは煙が登っている。煙突こそないものの、お湯！　お風呂！　って感じがする。

入口から入ると、まず脱衣所があった。

脱衣所の中は暖かい空気が漂っている。靴を脱いで裸足の足でタイルの床を触ってみたら、ほかほかと温かい。床暖房が通っているようだ。

「すごいですね。床があったかいです」

ティトが言うと、オクタヴィー師匠が肩をすくめた。

「床下に何本も高い柱を立てて空間を作って、ボイラー室の暖気を流しているのよ。床だけじゃないわ、壁も二重になって似たような仕組みが作ってあるの」

「詳しいですね」

「うちの食客にボイラー技師がいるでしょ。彼、おしゃべりでね。自分の仕事の話を、聞きもしないのに教えてくれるのよ」

そういえばいたな、そんな人。私は人の好い技師のお兄さんを思い浮かべた。断熱材探しをしていた時に、コルクの皮を分けてくれた人だ。

私たちはそんなことを喋りながら服を脱ぎ、下着だけの軽装になった。

胸元と腰回りを布で覆った姿である。ある意味でビキニスタイルと言えるかもしれない。

靴も履き替えた。浴場用の底が木で出来ているサンダルだ。なんか、日本の古い温泉旅館で履いた下駄みたいで楽しい。

さあ、大きい湯船のたっぷりのお湯に入るぞー！

カラコロとサンダルを鳴らしながらウキウキしていたが、師匠は途中の通路を横に折れた。その先は中庭が見える。

師匠は中庭の手前にある小部屋に入った。

小部屋の中には寝台がいくつか置かれている。寝台に横たわっている人が二人くらいいて、何やらエステのような施術を受けているようだが……？

「さあ、ゼニス、ティト。横になりなさい」

師匠はさっさと寝台にうつ伏せになった。

首をひねりながらも、私とティトも真似をする。横目に奴隷の人が料金を支払っているのが見えた。

「失礼します」

浴場の奴隷らしき女性が近づいてきて、私の背中に触った。ぬるっとした感触がして、思わず「ほぎゃ!?」と叫んでしまった。

「ゼニス、うるさいわよ。香油を塗ってマッサージしてるの。大人しく塗られなさい」

顔を横に向けて、師匠が文句を言っている。

「香油？　でも、くすぐったくて……ぷにゃ！」

叫びを押し殺そうとしたらもっと変な声になってしまった。ティトの呆れたような視線が痛い。

それでも必死でこそばゆさに耐えていたら、だんだん慣れてきた。時々ふわっといい匂いが香る。

何の匂いだろう？　ちょっとスパイシーで、たまに甘いお花みたいな匂いもする。

「この香油は私の特製ブレンドなの。乳香に少しだけバラの精油を足しているのよ」

優雅に寝そべりながら師匠が言った。

「バラは花としては人気があるのに、香油に使う人は少ないのよね。こんなにいい匂いだから、もったいないじゃない」

「ええ、まったくです」

施術係の奴隷の人がうなずいている。

「へえ、オリジナルブレンドなんですね。乳香というと、確かフランキンセンスか……」

前世の姉が手作り化粧品にハマっていたから、アロマの知識もちょびっとだけある。乳香ことフランキンセンスは、南方の樹木の樹液を固めたものだったはずだ。

「ウッディ系とフローラル系の取り合わせ、いいですね！」

「また妙な言い方してるわね。別にいいけど」

そんな事を話しているうちに、私たちは全身香油まみれ隊になった。体中からいい匂いがしまくっている。

こんなベタベタでお風呂に入っていいのだろうか。

私は首をかしげたが、師匠は次は中庭に出た。フェリクスの奴隷の人が、師匠にボールを手渡している。

「それじゃあ次は、運動よ。ボール運動をしてたっぷり汗をかかなくちゃ」

言うなり、ボールをバシンと私に打ってきた。

いきなりハンドボールもどきが始まった！

私は慌てて手のひらでボールを受けて、ぽんと空中に上げる。ボールは軽くて、動物の薄皮のようなものを空気で膨らませていた。

「このボール、何で出来ているんだろ？」

秋空に舞い上がったボールを見ながら言うと、師匠が答えた。

「豚の膀胱《ぼうこう》よ」

「あっはい」

いやまぁ、きちんときれいに洗ってあるなら膀胱でも何でもいいです。はい。

ボールは風で少し流されながら、私の方に落ちてくる。

どうしようかなとちょっと考えて、軽めにティトに打ってやった。ティトも上手に手で受け止めて、師匠にトスしている。

走ってボールを追いかけたり、落としてしまってきゃあきゃあ言ったり。

そんなに広くない中庭とはいえ、走り回っていたら汗が出てきた。

と。

ティトがボールを受けそびれてしまった。

「いいよ、私の方が近いから。取ってくる」

私はコロコロと転がるボールを追いかける。

すると、その先にいた人がボールを拾ってくれた。

「ありがとう！」

「どういたしまして」

目線をボールからその人の顔に向けて、私はちょっとまばたきした。

彼女は私と同じくらいの年の子供だった。たぶん十歳手前くらいだろう。お風呂用の下着姿で、肌には油が塗ってある。

テルマエに子供がいてもおかしくない。でも、目を引いたのはその子の色彩だった。

髪は銀色。ほとんど色素というものが感じられない、白銀色だ。

そして目はルビーのような真紅。

ユピテルは国際都市で、北方のノルド人もたくさん住んでいる。だから金髪は珍しくないし、銀髪の人もたまにいる。

でも、ここまで色の薄い銀の髪は初めて見た。それに何より、真っ赤な目。

顔立ちはユピテル人として違和感がない……と思う。

もしかして、アルビノというやつだろうか。でもこの子は、太陽を避ける様子もない。本当の色素欠乏症だったら、紫外線対策をしないと出歩くのも大変なはずなのに。

「どうしたの？」

無言の私に、その子はにっこり笑いかけてきた。人懐っこくて、とても可愛い笑顔だった。

「ううん、何でもないよ。ボールありがとね」

「ねえ、あたしもボール遊びにまぜてほしいな。いいよね？」

「え？　う、うん。いいけど」

ちょっと強引な物言いに驚いたが、別に断る理由もない。

その子と一緒に戻ると、師匠とティトも目を丸くしていた。

「変わった髪色と目の色ね。……まさかゼニスの親戚？」

と、師匠。

「いえ、違います。ていうか何で親戚？」

私が言うと、師匠は腕を組んだ。

「最初に見た時、ゼニスに似てると思ったのよ。けど、気のせいだったみたい。

――あなた、名前は？　親はどこ？」

女の子はにこーっと笑って答えた。

「名前はジョカだよ。お母様なら近くにいるよ」

「あ、そう」

師匠は肩をすくめた。毛色の変わった子ではあるが、親がいるなら深入りする必要もない。

「それより、ボール遊びにまぜて！　あたしも遊びたい！」

「いいわよ。ただし子供だからって手加減しないから、そのつもりで」

大人げない師匠である。

私とジョカは顔を見合わせて笑ってから、ボール運動を再開した。


運動でたっぷりと汗をかいた後、私たちは中庭から移動した。

ジョカもついてくる。

体がほぐれて、みんな機嫌がいい。わいわいおしゃべりをしながら次の場所に入った。

そこは冷温浴室と呼ばれていて、秋の外気と同じくらいの温度に調整してある。

ここで汗を引かせ、体中でベタベタしている香油を軽く洗い流す。

ユピテルで石鹸は普及していないため、水洗いと砂をまぶしてこすり落とすのである。

こすり落とすには、ストリギルという謎の湾曲したヘラみたいのを使う。湾曲部分がいい感じに体にフィットして、砂と一緒に垢がよく落ちるらしい。

私はティトと奴隷の人にこすってもらったけど、使用人や奴隷を持たない貧しい人は自分でやるしかない。彼らは手の届かない背中などは、壁にこすりつけて汚れを落とすんだとか。大変だわ。

一通り油を落としたら、次に高温浴室に行く。

高温浴室は、つまりサウナだ。

床暖房と壁暖房で高温に保たれた部屋の中で、木製のベンチに腰掛ける。壁に取り付けられた配管から熱い空気が出てきて、室内は熱気に満たされている。

「暑い……」

最初に音を上げたのはティトだった。頬がだいぶ赤くなっている。

「まだよ。我慢なさい」

オクタヴィー師匠は鬼である。

「ジョカ、大丈夫？　無理はしないでね」

「うん、平気」

意外にもジョカは涼しい顔だ。

「あと百数えてからよ」

「ひぇ……」

そうして皆で数を数えて、やっと百に到達！

高温浴室を出て、今度は水風呂の部屋にやってきた。軽く汗を冷ましたり水を飲んだりした後に、体に巻いた布を取って、いざ水風呂へ！

「あ〜〜〜きくわぁ〜」

と、オクタヴィー師匠。

「本当……気持ちいい……」

ティトの目がとろんとしている。

「うーん、これぞ『ととのう』って感じ！」

ジョカは妙に前世的な感想だね。

「ゼニス。早く入りなさい」

師匠に促されて、私はおっかなびっくり足先を水風呂につけた。だって、熱いのから急に冷たいのに入ったら心臓に負担がかかりそうじゃないか。前世で過労死突然死した私としては、慎重になってしまうのである。

でも思い切って胸まで入ってみたら、ふわっ――とした心地よさがやってきた。五感がぱあっと開放されて、頭がクリアになる。何とも不思議な快感だった。

「ははあ、これはハマる人が続出するのも分かるなぁ」

私が言うと、師匠はニヤリと笑った。

「そうでしょう。フェリクスの家は浴槽はあるけれど、サウナはないものね。これぞテルマエの醍醐味よ」

体が冷え切る前に水風呂から上がる。体の表面はすっきり、内側はポカポカとしていて気持ちがいい。

テルマエには他にも、熱いお湯の浴槽や温水のプールなどもある。

プールは大きくて一部が屋外に出ている。秋空を見ながら泳ぐのは、とても楽しい。

私たちはお風呂もプールもしっかりと堪能した。お湯に疲れてきたら寝椅子で一休みして、飲み物や軽食なんかをつまむのもできる。

私は寝椅子に寝そべりながら、隣の師匠に言った。

「冷たい飲み物とかき氷のお店を、テルマエにも出したいですね」

「そうね、商機がたくさん転がっていそうだわ」

かき氷のシーズンは夏だけど、熱気あふれるテルマエなら通年で売れると思う。

辺りにはたくさんの人がいて、おしゃべりして笑い声を上げたり、泳いだり、ハンドボールしたりして騒いでいる。

テルマエの石造りの天井はドーム型。音がよく響いてとてもにぎやかだった。

「さて、私は脱毛をしてくるわ。ティトとゼニスはどうする？」

休んでいた寝椅子から立ち上がって、師匠が言う。

「脱毛？」

私は首をかしげた。前世でもエステのたぐいには行ったことがなかったので、どうやるのかピンと来ない。

「脱毛よ。全身のムダ毛を抜いて身だしなみを整えるの。ユピテル人として当然でしょ」

「当然と言われましても。私はいいです。ムダ毛ってほどの毛は生えてないし」

子供の体なので産毛ばかりである。

「あたし、挑戦したいです」

ティトが決意を込めた目で言った。彼女はそろそろムダ毛の気になるお年頃なのか。

「ティト、お金足りる？」

こっそり聞いてみると。

「大丈夫です。さっき、料金表をチェックしておきました」

という頼もしい答えであった。

ジョカも脱毛はしないと言った。けど好奇心はある。連れ立って脱毛見学に行くことにした。


脱毛コーナーは高温浴室の隣にあった。

まずは温かいお湯に浸かって毛穴を開かせる。次に寝椅子に寝そべって施術を受けるのだ。

「い……痛、いたたたっ、痛いです!!」

施術……を……受ける……。

「あだだだっ、痛い痛い、いたーい!!」

私とジョカは目の前で繰り広げられる地獄絵図に絶句した。

脱毛は、何ていうか、極めて原始的な力技で行われていた。

一．脱毛したい部分に溶かした蜜蝋を塗る。

二．蜜蝋が冷えて固まるまで待つ。

三．体毛ごと一気に引き剥がす!!

以上である。怖すぎる。

初脱毛のティトは泣き叫んでいたが、オクタヴィー師匠は優雅な表情を崩さない。絶対痛いのに、さすがすぎる……。

周囲を見渡すと、やはり苦痛の声を上げる人、顔をしかめながらも我慢する人、必死で取り繕う人など様々だった。

皆、脱毛が終わった部分の肌が赤くなっている。当たり前だ。

なぜユピテル人はここまでして脱毛に熱意を燃やすのか。もはや理解できない。ムダ毛だって個性の一種でいいじゃないか。

てか私も大人の体になったら、これをやらなきゃならんのか？　まじで？

「あたし、脱毛しなきゃいけないなら、大人になりたくない……」

ジョカがぼそっと言った。うむ、気持ちは分かる。

しかし脱毛ごときで、無垢な少女の未来を絶望させるのはいかがなものか。もっと痛くない脱毛方法を発明するなりして、よりよい将来を描くべきでは。

私が真剣に悩んでいると、ジョカは続けた。

「そうだ。お母様に頼んで、痛くない脱毛を考えてもらおうっと。そうしよー！」

全部解決！　と言わんばかりの明るさだった。

「お母様は発明家なの？」

「うん、そうだよ！　世界一の大魔女なの」

なんだって？　この子の親は魔法使いか？

しかし詳しく聞こうとしたところで、初脱毛を終えたティトがよろよろと立ち上がった。今にも倒れそうだったので、私は彼女を支えるべくそちらに向かった。

毛がなくなった代償に赤くてヒリヒリする肌は、水風呂と水を絞った布で冷やした。これで少しはマシになるといいが。

オクタヴィー師匠も終わったようだ。「どうってことないわ」という顔で肌を冷やしている。

その後にもう一度軽く香油を塗って、脱毛の施術は完了した。

何とも恐ろしい光景を垣間見てしまった……。

「ねえねえ、ゼニス！　もう一度プールで泳ごうよ！」

ジョカが私の腕を引っ張る。子供は元気だねぇ。

しかし今の私は子供の体。元気ならやはり余るほどある。

「うん、行こう！　私、潜水得意なんだ。どれだけ潜って泳げるか競争しない？」

「やる！　あたしが勝つけどねっ」

ジョカと二人で言い合いながら、木のサンダルをカラコロ鳴らしてプールに向かって走っていく。

「子供は元気でいいわねえ」

ため息混じりの師匠の声が聞こえて、私は思わず吹き出した。

そうして三時間近くをテルマエで過ごした。

体中がすっきり清潔になったのはもちろん、たっぷり遊んで心地の良い疲れが来ている。

「そろそろ帰るわよ」

オクタヴィー師匠のお肌もツヤツヤだ。

皆で連れ立って脱衣所まで戻る。あとは服を着て帰るだけ……と思ったら。

「泥棒!!」

脱衣所の中で叫び声が上がった。

見れば盗人らしき女が、テルマエの案内人さんを突き飛ばしたところだった。

泥棒の手にはいくつかの小袋がある。脱衣所の皆さんの財布だろう。

彼女は追いすがる案内人をかわし、テルマエの中へと走っていった。人混みに紛れて逃げる気だ!

「逃さないよ！　お財布返して！」

私は木のサンダルを鳴らして走り始めた。濡れた床は走りにくかったけど、さっきまでのテルマエ満喫で少しは慣れている。

ところが盗人の女はもっと手慣れていた。するすると走っていく。きっと浴場で何度も盗みを働いているのだろう、これはますます逃がすわけにはいかない。

盗人は冷温浴室を駆け抜け、高温浴室の椅子を蹴倒して走っていく。テルマエの客にぶつかってもお構いなしだ。

「……こうなったら！」

脳を意識して魔力回路を起動。右手に魔力を集めながら呪文を唱えた。

『凍てつく氷の精霊よ、その息吹で地を凍らせ、道を作り給え！』

走りながら軽く床にタッチ。すると濡れた床の水分が一瞬で凍って、盗人めがけて一直線に氷の道を作った。

「えーいっ！」

私は氷の道に飛び込むと、そのままスケートのように滑り始めた。木のサンダルがいい具合にスケート靴の代わりになっている。

盗人との距離がぐんと縮まった。顔だけ振り向いた彼女が驚愕の表情をしている。

盗人は急いで方向転換をして、九十度右に曲がった。

「わわわ!?」

私も曲がろうとするが、かなりのスピードが出ている。勢いを殺しきれず、ビターンと壁にぶつかってしまった。

盗人はさらに逃げていく。くそー、悔しい！

今度はもっと魔力を作って、もう一度同じ呪文を唱えた。先ほどよりも勢いよく氷の道が伸びて、盗人の女の足元まで、その先まで凍る。彼女は足を滑らせた。

よし、と思ったのも束の間。

盗人は転んだ勢いで、そのまま滑っていった。このままじゃ頭から壁に激突してしまう、大怪我してしまう！

いくら泥棒でも痛めつけたかったわけじゃない。お財布を取り返して、法律で裁いてほしかっただけだ。

——どうしよう！

私が対応を迷った刹那。

ふと、すぐ横を白い何かが通り過ぎた。ふわりと風に乗る白銀色。

ジョカだった。彼女もスケートの要領でついてきていたようだ。

ジョカはニコッと笑うと、激突直前だった盗人に視線を向けた。

すると壁に一瞬、不思議な網目模様のようなものが広がって——ぼふん！　と音がした。盗人が壁にぶつかった音だった。

でもその音は、人間と石の壁がぶつかったものとは思えない。まるでクッションとか、ネットのようなものに受け止められた音に聞こえた。

……ネット？　まさかさっきの網目模様が、石の壁を変質させた？

物質の硬度を変えるなんて、そんなことが可能なの？

魔法であれば可能かもしれない。けれど詠唱の声は聞こえなかった。

「ジョカ。あなたは、いったい」

名前を呼べば、彼女は振り向いた。

「あー、面白かった！　テルマエは最高だねっ。お風呂もプールも気持ちいいし、スケートは楽しいし！

お家に帰ったら、お父様に教えてあげなきゃ」

満面の笑みだった。その表情は無邪気な子供そのもので、とても高度な魔法を使うようには見えない。

私がさらに言葉を重ねようとしたところで、壁際の盗人がうめき声を上げた。怪我はしなかったようだが、衝突の衝撃はそれなりにあったのだろう。ふらふらと立ち上がろうとしている。取り押さえなければ。

私が盗人の方へ行くと、背後のジョカが言った。

「じゃあね、ゼニス！　私、そろそろ帰るから。未来でまた会おうね！」

「え？」

未来って何？　そう聞く暇もなく、ジョカは氷の道を滑って行ってしまった。途中でオクタヴィー師匠とティト、それにテルマエの案内人とすれ違っている。

「この盗人には何度もしてやられていたんです。助かりました」

案内人が頭を下げながら、盗人を取り押さえている。

師匠がティトを付き従えるようにして、近づいてきた。

「お手柄ね、ゼニス……と言いたいところだけど。きみが床を凍らせたおかげで、滑って転ぶ人が続出してるの。早く溶かして頂戴」

「あっ、はい」

正直、お湯をかければすぐ溶けると思うが。師匠の笑みが怖かったので、私は対処することにした。

『燃え盛る炎の精霊よ、その息吹を熱に変えて、我が手より放ち給え』

シンプルな炎熱の魔法である。氷の道に手を添えて魔法を発動させれば、熱が伝わっていく。

元々、床暖房が通っている浴場の床だ。溶けかけていた氷はすぐに消えてなくなったのだった。


こうして、私のテルマエ・デビューは幕を閉じた。

一連の騒動の後にジョカを探したけれど、結局見つけられないままになってしまった。

でも、あの子は「また会おうね」と言った。

未来で……の、意味は分からない。まさかタイムスリップして来た未来人というわけではないだろうし。まさかね。

けれど何となくだけど、本当にまた会える気がする。

再会がいつになるかは分からない。その時は必ず、「未来」の意味と不思議な魔法の謎を聞き出してやるつもりである。


なお、氷のスケートは一部の人に地味に好評となり、お祭りの時などに期間限定でスケートリンクを作るイベントが開催された。

おかげで魔法使いの活躍の場が増えて、めでたし、めでたし。

あとがき

初めまして。灰猫さんきちと申します。

この度は拙作をお手に取って下さり、ありがとうございました。

私にとって本作が初の商業出版作品でした。第一巻を無事に世に出せて、感無量です。

この作品は異世界ファンタジー、いわゆる転生ものと呼ばれるジャンルです。

しかしながら、作品の舞台となる『ユピテル共和国』は紀元前一世紀の古代ローマを参考に、当時の文化風俗などをそれなりに入れ込んで作りました。古代ローマ時代に生きた人びとを想像しながら、今はもう遺跡となってしまった当時の建物の写真を眺めながら、ユピテル共和国の暮らしや街並みを描いていきました。そうすると、だんだんとユピテル共和国が小説の中に生まれてくるのです。とても楽しい作業でした。


ライトノベルと古代ローマ。どちらも私の大好物です。

つまりこの作品は、私の大好きが詰まった一作となっております。


古代ローマは紀元前八世紀頃から紀元五世紀まで、およそ千二百年間続いた国です。王政から始まり共和政を経て皇帝政となる、長い長い歴史を持った巨大な国でした。

歴史などというと小難しく感じますが、当時を生きていたのは私たちと同じ人間。それも、お風呂好きだったり海鮮料理が好きだったり、神々に祈るよりも人と人との信義を重んじる民族性など、日本人と共通点が多い国でもありました。

とはいえ、読者様におかれましては、歴史うんぬんを意識せずとも楽しめるよう工夫しました。

また、ファンタジー小説という都合と私自身の不勉強により、古代ローマの国家制度や文化と矛盾する箇所も多々存在します。その点はご容赦をお願いいたします。

どこか遠い場所の、ちょっと変わった風景の国。日本と似ている部分もあれば、全く違う点も多い国。そんな異国情緒を味わいながら、毎日を楽しく一生懸命に生きているゼニスを見守りながら、読んでいただけると幸いです。


またこの作品は、ありがたくも第二巻の刊行が決定しています。二巻では少しだけ成長したゼニスに新しい出会いがあり、海を渡る旅があり、さらには次なる仕事が待ち受けていたりもします。

WEB版で公開している分に、大幅な加筆をする形です。

第一巻よりもさらに面白く、パワーアップするよう励んでいますので、ぜひお読みいただければと思います。


最後に、本作を出版に導いて下さった編集のO様、キャラクターと世界にビジュアルを与えて下さったイラストレーターのｓａｒａｋｉ様、書籍化に力を貸して下さったTOブックスの皆様にお礼を申し上げます。

それでは、第二巻でまたお会いできることを願って。

二〇二四年三月　灰猫さんきち

次巻予告
コミカライズ
企画進行中！
漫画：藤田 麓
転生大魔女の
異世界暮らし
～古代ローマ風国家で
始める魔法研究～
II
灰猫さんきち イラスト saraki
TENSEI DAIMAJYO NO ISEKAIGURASHI

魔法使いの可能性《すごさ》を見せてあげる！
魔法学院を卒業したゼニスは、学院で魔法理論を教えつつ、
「氷魔法」ビジネスの拡大に乗り出す――！
研究ラブな少女が魔法革命を巻き起こす、ローマン・コミカルファンタジー！
第2巻 今夏発売！

転生大魔女の異世界暮らし
～古代ローマ風国家で始める魔法研究～

2024年4月1日　第1刷発行

著　者　灰猫さんきち

発行者　本田武市

発行所　TOブックス
〒150-0002
東京都渋谷区渋谷三丁目1番1号　PMO渋谷Ⅱ　11階
TEL 0120-933-772（営業フリーダイヤル）
FAX 050-3156-0508

印刷・製本　中央精版印刷株式会社

ISBN978-4-86794-126-3

Printed in Japan